La Catedral del Tango

Frank Iodice

ISBN-13: 978-1718936720
ISBN-10: 1718936729

Indice

Divagazioni superflue

L'amore è un brutto affare fatto di percezioni. Michelle era una ragazza con gli occhi grandi e la voce dolce delle bambole, parlava come se mi confidasse qualcosa. Aveva gambe dure e lunghe, un corpo fatto per essere protetto.

Eravamo di ritorno dalla costa, Pablo e io, eravamo due bambini felici che rientravano a casa, Andrea ci aspettava alla stazione di Tres Cruces; quando Pablo e lei si sono baciati, io ho finto di allacciarmi le scarpe e li ho lasciati da soli. In casa c'era un sacco di gente di passaggio quella sera, c'era anche Eda Simeone, che un giorno sarà la protagonista di una storia, ma non oggi, perché oggi la protagonista è Michelle, la ballerina belga.

Era tardi, non si aspettavano di vederci arrivare. Ma era colpa nostra, non avevamo avvisato. Mangiavano carne e bevevano whisky uruguaiano. Pablo e la sua ragazza sono spariti subito, io mi sono gettato sulla mia poltrona rossa, non c'erano vite passate su quella poltrona, soltanto quelle che ho cercato ogni volta che mi ci sedevo e scrivevo roba del genere, Eda Simeone lo sapeva, ha tolto le loro borse per farmi stare più comodo. Da quanto tempo sei in Uruguay?, mi ha chiesto. Conosceva la risposta, cercava soltanto una conferma nelle mie mani. Quando ti guardano le mani, è peggio che guardarti negli occhi, perché le mani hanno più occhi, questo è sicuro, lo sanno tutti, anche quelli che non hanno né mani né occhi. Io, per il momento, stavo provando a dare le risposte che la cara Eda cercava, senza rivelare quello che pensavo. Sono gli occhi quelli che pensano, noi non c'entriamo nulla, e ogni volta che ci proviamo – a pensare – facciamo un disastro! Da quanto tempo, allora? Da quanto tempo sono qui, su questa sedia?, o qui, in Uruguay? Tutti hanno riso, ero bravo a far ridere la gente, il destino di un pagliaccio al servizio del popolo, ecco, c'era questo e poco più nella poltrona rossa. Da un paio di mesi, ho risposto, era facile, bastava dire un paio di mesi, e invece l'ho guardata, ho guardato Michelle negli occhi e ho aggiunto: non so quanto tempo rimarrò. Perché ho guardato Michelle negli occhi e ho detto: non so quanto tempo rimarrò?

La carne calda nei loro piatti profumava di carbone, il fumo che usciva dalla bocca era denso come quello di una sigaretta, fumavano e mangiavano. Il rumore dei piatti e dei bicchieri era forte, sembrava che mangiassero quelli. Lei mi ha sorriso e mi ha chiesto qualcosa senza parlare. Dopo un po' di anni passati a fare questo mestiere, succede che impari a riconoscere subito le domande, non quelle fatte per cercare conferme come quella di Eda, ma per altri motivi che il linguaggio umano non è in grado di tradurre. Cosa siamo noialtri, allora, stupidi traduttori? A volte ne ho la certezza, altre volte mi sembra che siano loro, le domande, a tradurre noi.

Abbiamo parlato in francese, mi sentivo di nuovo a casa, non ero più a Montevideo, ma a Marsiglia, a cena da amici insieme a lei. No, lei non c'era e bisognava dirlo, dirlo subito. Che potevo fare se non dire subito che lei non c'era!, l'ho detto a tutti e l'ho ripetuto più volte, perché, mi sembra, ripetere qualcosa agli altri è come ripeterla a te stesso.

Le gambe di Michelle, sorda quando si trattava di ascoltare le mie urla disperate di autodifesa – lei non c'è, sono solo e devo parlare di lei, mi ripetevo – erano gambe lunghe e dure, del colore della sabbia, brillavano perché erano piene di whisky, e il whisky era dorato come oro liquido che versavano nei vecchi bicchieri opachi. Il legno del frigorifero e del tavolo brillava più del liquore, eravamo su una via dell'oro. Cercatori di pepite rare negli occhi della gente.

Ti verso un po' di whisky, Frank, è buono! Ho accettato; perché non avrei dovuto? Eda Simeone era come una madre per me, ritrovata dopo anni di esodo. Lei non avrebbe mai permesso a quella ragazza di fare qualcosa contro la mia felicità. Non avevo considerato, però, che aveva bevuto già tre bicchieri. Michelle mi ha servito da bere. C'erano tre donne che per tre ragioni diverse potevano riempire quel bicchiere, oppure potevo riempirmelo da solo, ma lo ha fatto lei. Una donna è capace di mandarti segnali chiari, sta a te decidere se coglierli. Se me lo chiedi così, accetto volentieri; e gliel'ho detto a bassa voce, ero rassegnato e parlavo come un operaio italiano comprato dal Belgio per lavorare nelle miniere, un franco per ogni dieci chili di carbone. Era vero, comunque, il whisky uruguayano era buono, persino dolce come uva spremuta nello zucchero. Quella casa mi sembrava molto dolce mentre, a piccoli sorsi, bevevo senza guardarla negli occhi.

Quando Michelle ti chiedeva qualcosa, sorrideva e le si arrossivano le guance. Ma non era timidezza, anzi, era una maniera di dimostrare quello che provava. A me piaceva, poi pensavo a lei, che in Europa stava dormendo con l'abat-jour acceso, e mi convincevo che in realtà non mi piaceva affatto. La sua amica non parlava molto, era discreta e elegante, un portamento da ballerina classica, mani lunghe e sottili. Il loro volto tendeva ad assomigliarsi, soprattutto quando tutte e due stavano sotto la lampadina bassa della sala, come se le donne che arrivavano dall'Europa avessero tutte lo stesso viso, libero e dolce, perché l'Uruguay è un paese libero e dolce. Ecco a cosa pensavo, mentre il secondo bicchiere si riempiva e le risate di Pablo e Andrea dalla loro stanza si confondevano con la musica. Era la musica dell'amore, prima lenta e poi più forte.

A quell'ora si andava a ballare il tango, tutti a Montevideo ballavano il tango almeno per divertirsi, non era un'ossessione come la mia, il tango era una maniera di vivere o di non vivere perché tutto ciò che succedeva dopo aver messo le scarpe da ballo, succedeva lungo una linea sottile tra il vero e il falso, senza quelle scarpe non sarebbe successo, senza, un uruguaiano non sarebbe stato vivo. A quell'ora tutti erano vivi e si preparavano per il tango. Michelle no, lei indossava una maglia a pois e un paio di pantaloni comodi, le sue forme erano gentili come quelle di una suora con una tunica addosso: chi si sognerebbe di immaginare che sotto una tunica c'è un corpo e che quel corpo non ha nulla di diverso da quello delle altre donne! Eda Simeone mi ha lasciato nel mio mondo, alla sua età doveva aver capito come siamo fatti noialtri; le ragazze, no.

Le emozioni hanno bisogno di canali di ingresso e di uscita, che non sono gli stessi, ma sono sempre diversi. Michelle era un canale di ingresso; lei, la donna che in Europa aspettava mie notizie da una settimana, un canale di uscita. Non sono un buon elettricista, non so spiegare meglio cosa siano le emozioni, mi limiterò perciò a riportare quanto è successo dopo.

La bottiglia di whisky uruguaiano era a metà. Anche Eda aveva esagerato, con tutta la rabbia della sua malattia superata a forza di lottare contro i muri. Le ragazze fumavano e si versavano gli ultimi sorsi senza ghiaccio. No, Michelle no: lei ne ha messo ancora un po' e si è leccata le dita che avevano toccato il liquore nel bicchiere per non sprecarne neanche una goccia. Rideva tanto e guardava più in là della mia faccia. Vieni a ballare il tango, Frank!, vieni con noi! Non posso, le ho risposto, è troppo pericoloso, sono in una specie di ritiro spirituale. Non potevo dirle una bugia, se ne sarebbe accorta subito. Io sapevo capire le domande, lei le bugie. Una coppia perfetta, se in Europa non ci fossero state due persone che ci aspettavano con la luce accesa. Ma in Europa era già notte: che importanza aveva quello che avremmo fatto noi, dall'altra parte dell'oceano! Quella sera, per la prima volta in vita mia, ho visto la tentazione negli occhi ed erano occhi bellissimi e senz'anima.

Qualcuno è andato a ballare, l'ingresso costava cento pesos, neanche quattromila lire, qualcun altro è rimasto a fare compagnia alle sue tentazioni, con le quali avrebbe riempito le valige al ritorno. Michelle stava per uscire vestita così, come una ragazza semplice che non vuole provocare nessuno, ma il figlio di Eda le ha detto: vieni a ballare vestita così?! Vuoi che mi cambi? Almeno le scarpe! E ora io mi dico, che cosa credi che avrebbe fatto una ragazza alla quale si chiede con quel tono se viene a ballare il tango vestita così? Si è cambiata, ha messo il rossetto e il fard, che le hanno strappato l'innocenza mal celata fino allora, e un paio di scarpe con i tacchi alti. Il suo corpo era cambiato, in cinque minuti Michelle era diventata grande.

Era stata Eda, che col tempo si era trasformata in una madre adottiva per me, lontano dalla mia terra, a rivelarmi che la giovane Michelle a Bruxelles aveva una relazione stabile da tre anni: cosa potevo dirle io?, la sua Michelle era ubriaca e aspettava che mi alzassi per andare con lei a ballare il tango. Ma il tango, quando non metti le mani su un corpo così da più di tre mesi, non lo puoi ballare. Glielo avevo detto: è troppo pericoloso!

Quando è andata via non l'ho guardata negli occhi, li ho sentiti i suoi sulla faccia come l'acqua fredda della doccia, eppure sono riuscito a rimanere immobile. Ed ero rimasto immobile anche mentre provava i passi con il figlio di Eda, non si muoveva sensualmente, fingeva di essere impacciata perché è così che funzionava il loro universo, non poteva e non voleva dimostrare nulla in quella casa. Lui, al contrario, l'avrebbe spogliata davanti a tutti: ecco la differenza tra noialtri, rozzi esseri primitivi, e loro, elaborati e sofisticati meccanismi disumani, provenienti da altri pianeti perfetti, dove tutto deve avere una logica precisa.

Prima che uscissero, Eda ha provato a dissuadere la sua giovane amica senza dirle nulla, ha tirato fuori vecchi dischi di Francisco Canaro e ha chiesto a suo figlio di metterli su, uno dopo l'altro, fino a quando lui ha smesso di ubbidirle e ha preso per mano la ragazza, che, ridendo come se stesse salendo su una giostra, lo ha seguito lungo le scale.

Quella notte non riuscivo a dormire, mi faceva male tutto il corpo, come deve far male alle gatte in calore che aspettano di essere montate, contro la loro volontà: le gatte in calore vogliono essere obbligate a volere. Sentivo l'odore di chi aveva fatto l'amore nel mio letto, non io, questo era certo! Le lenzuola erano umide, la luce che passava attraverso le imposte aveva il colore caldo dell'Uruguay, quel giallo intenso che trovavi anche negli occhi di chi ci viveva. Prima di decidermi a distendermi ho lasciato la porta socchiusa. Perché l'ho fatto? Per la stessa ragione che mi aveva spinto a dichiarare subito il mio stato di esilio sentimentale? Perché in fondo desideravo che Michelle mi raggiungesse al ritorno dal tango.

E se fosse successo, sarei stato meno colpevole. Il silenzio della notte di quella casa così grande non mi era di aiuto. Addormentarsi con troppe domande in testa, ancor meno. Non sapevo che ore fossero, non avevo la mia sveglia, ero nella stanza di qualcun altro e non era facile adattarsi a tutto ciò, benché mi sforzassi di capire con tutto me stesso le ragioni di tanto disinteresse per la vita. Era come se tutto quello che facevano prima di indossare le loro scarpe da ballo non gli importasse affatto.

A questo punto della storia, potrebbero essere successe due cose: la prima, che Michelle, di ritorno dal tango, ubriaca, si sia infilata nel mio letto, che non era neanche il mio; e la seconda, che, insieme al figlio di Eda, - del quale, se non ho detto il nome ci sarà una ragione - si sia arrampicata in soffitta, dove c'era un materasso nascosto tra le alte piante di marijuana. Di notte, dalla soffitta, che aveva una grossa finestra aperta sulla sala principale, arrivava il profumo dell'erba che il figlio di Eda fumava tutti i giorni e vendeva ai vicini di casa.

L'indomani mattina pioveva, era molto presto quando mi sono alzato per andare in bagno, mi piaceva ascoltare il suono dell'acqua che irrompeva nel silenzio della casa. Ero sempre il primo a svegliarsi, forse il primo in tutta la città: per strada non c'era un'anima prima delle nove. Ho preso i miei appunti, questi appunti, e sono andato a fare un giro. Era meglio rientrare quando tutto sarebbe tornato alla normalità, ognuno al suo posto, ognuno nella sua stanza. Non mi andava di assistere ad alcun cambiamento.

Sono tornato alle dieci, con un uovo di Pasqua e le medialunas, che è come in Uruguay chiamano i croissants. Michelle e la sua amica chiacchieravano con Eda, madre adottiva anche delle ragazze a quanto pare. Fumavano come se dalla sera prima non avessero mai smesso; non so di cosa parlassero, mentre entravo ho sentito soltanto la parola morfologia. L'amica di Michelle era andata a dormire molto presto, a vederla bene, con indosso il suo pigiama improvvisato, era sottile e elegante, aveva belle gambe, forse anche più belle di quelle di Michelle. E aveva l'aria riposata e pulita. La cara Eda aveva bevuto e fumato troppo, e, benché facesse entrambe le cose con la naturalezza di una ventenne, alla sua età e dopo quello che aveva passato, non era più la stessa cosa. Pochi anni prima che suo figlio me la presentasse, Eda Simeone aveva avuto qualche colpo al cervello, di cui non ricordo il nome preciso poiché non sono un elettricista e neanche un medico, e aveva rischiato di rimanere handicappata per il resto della sua vita. Tanta gente che aveva avuto lo stesso colpo era rimasta paralizzata, o muta, se pensiamo che il mutismo è una specie di paralisi, oppure si era chiusa in casa per sempre. Ora Eda aveva le vertigini e le tremava il lato destro del corpo. A vederla così, seduta con una gamba sulla panca e la sigaretta appena arrotolata nella bocca, non avrei mai pensato che la sua malattia fosse reale. Forse me l'ero inventata, forse le mie erano soltanto divagazioni superflue.

Michelle ha preso una medialuna e mi ha guardato con un'aria assonnata di chi non aveva dormito neanche un minuto, indossava soltanto una maglia di cotone, le cosce erano scoperte, così dure che non sembravano neanche vere. Le teneva strette, e mi guardava dalla mia poltrona rossa con quegli occhi che ho già descritto, poi mi ha chiesto qualcosa che non ricordo neanche, o che non merita di essere ricordata, poiché subito dopo avermela detta è salita in soffitta per recuperare qualcosa di suo. Non aveva altre ragioni per andare lassù, era solo una di passaggio, non viveva in quella casa, e, siccome quando è ridiscesa non aveva nulla di grande in mano, ho dedotto che quel qualcosa da recuperare dovevano essere le sue mutandine. Michelle, dunque, aveva dormito nella soffitta con il figlio di Eda? Ecco perché le loro giacche erano sulla stessa sedia. E se fosse vero, chi di noi era il peggior traditore?, lei, che aveva ceduto alle lusinghe del whisky e del tango e si era ritrovata su un vecchio materasso nascosto tra le piante di marijuana senza rendersene conto fino a quando, con una medialuna in mano, non mi ha guardato e mi ha detto: a me piacciono tanto le medialunas; o io, che in tutta lucidità, avevo passato la notte a chiedermi cosa avrei fatto se si fosse presentata nel mio letto?

Questa storia deve finire con una domanda perché è così che funziona l'universo di noialtri. Se avessi le risposte, avrei fatto l'elettricista oppure il medico.

Eda Simeone mi ha guardato con il suo sorrisetto imbronciato di madre premurosa - forse avrebbe voluto me come figlio, e non il figlio che aveva - e ha detto a Michelle: andiamo, lasciamolo nel suo mondo, se abbiamo fortuna stasera ci metterà in un racconto. Tremando, si è avviata verso la parte nuova della strada; dalla finestra altissima sulla porta d'ingresso si vedeva il cemento bagnato e lo zucchero di cui era cosparsa la città.

Montevideo, 19 aprile 2014

Tommasino il pauroso

Anche quella notte, appena gli fu permesso di rimanere da solo, accadde la magia che conosceva bene. Tommasino era un uomo di strana indole, aveva paura del silenzio e del buio, come i bambini. E se osava ribellarsi, si immobilizzava in attesa che l'insano equilibrio col silenzio si ristabilisse e lui potesse continuare a fissare la camera vuota in cui viveva. Era disteso sul divano letto, aveva una gobba che lo aiutava a stare comodo quando guardava la televisione e un paio di occhiali nuovi che non riusciva a usare perché, a vedere bene la gente, avrebbe avuto più paura.

Era il primo gennaio di molti anni fa; Tommasino fissava il televisore spento e non osava accenderlo, ascoltava la pioggia battere forte contro l'unica finestra che aveva e aspettava che sua moglie tornasse o che l'acqua cambiasse il suo corso. Era successo raramente che l'immobilità – come la definiva lui – lo cogliesse mentre era con la gobba contro il muro. Normalmente accadeva in strada, camminando; si accorgeva che le gambe divenivano più pesanti ed era costretto a lasciare qualunque attività. Ecco qual era il segreto di Tommasino il pauroso.

Tommasino era un uomo e aveva la voce di una persona sbadata che ha dimenticato il suo corpo nudo in una vasca da bagno. Era contabile presso l'ufficio del Syndic in rue Caïs de Pierlas: per arrivare al lavoro ci volevano due minuti, viveva nella stessa strada. Il suo appartamento era proprio accanto al mio.

Devo riflettere sulle coincidenze e dare loro il giusto valore prima di raccontare la storia di Tommasino perché, come succede, ogni volta che si parla della vita di qualcun altro si finisce per parlare della propria.

Ogni mattina alle sette e quarantacinque suonava la sveglia di Tommasino, la sua camera da letto era accanto alla mia; le pareti di cartongesso separavano le abitudini e i segreti di noi vicini e ci rendevano più simili perché ognuno viveva un pezzo della vita dell'altro. Alle otto e venti, venticinque, usciva e correva al numero 52, in fondo alla strada. Noi vivevamo al 10; accanto al nostro portone c'era una boulangerie di Lyon che vendeva il miglior pane al miele del quartiere.

Tommasino vestiva quasi sempre di nero,

eppure era un tipo allegro, talvolta sorridente con i vicini ficcanaso e anche con me, ogni volta che mi capitava di incrociarlo sul pianerottolo. «Buongiorno signore,» mi diceva, «come sta oggi?» A me sembrava anche troppo gentile; temevo a tratti che si fosse innamorato e mi sorridesse per cercare di rimorchiarmi. Tuttavia, non ne avevo avuto la conferma perché mi ero sempre immaginato che fosse sposato. Anche io ero sposato a quei tempi, con una donna bellissima e distratta.

Quando alle sei del pomeriggio tornava a casa e strusciava un po' i piedi sullo zerbino che c'era tra le nostre porte, mi capitava sempre di confondere i suoi rumori con quelli di mia moglie; anche lei di ritorno verso quell'ora. L'unico che aveva il privilegio di lavorare in casa ero io, benché non mi ritenessi tanto privilegiato. Sentivo Tommasino che tirava fuori le chiavi dalla tasca del cappotto, ci giocava come se non ricordasse quante ne aveva legate all'anello, ed entrava in casa. Dall'altra parte di una parete sottile come la nostra si poteva immaginare qualunque cosa, anche la voce insicura di Tommasino che togliendosi le scarpe diceva alla moglie «Ei,» e lei rispondeva «Ei».

Poi per qualche ora non si sentiva nulla. Anche mia moglie ritornava, parlavamo di tutto quello che ci veniva in mente, mangiavamo, bevevamo il vino italiano che ci piaceva tanto, facevamo persino l'amore in quelle ore. E dall'altra parte io non sentivo mai nulla. Mi piaceva credere che anche loro stessero amoreggiando, in maniera più discreta e comunque, se così non fosse stato e se anche loro lo stessero facendo gridando e gioendo come noi, mi chiedevo, come avrei fatto ad accorgermene? L'unica maniera che avevo per essere certo che di là della parete tutto taceva era tacere. Così quella sera lo dissi a mia moglie, la quale oltre ad essere bella era molto comprensiva perché capiva tutte le mie strane richieste, e mi sedetti sul nostro divano, che doveva proprio trovarsi accanto al divano letto di Tommasino.

In realtà quello che io avevo creduto un silenzio era una silenziosa conversazione. Tommasino e sua moglie stavano parlando e lo stavano facendo da così a lungo che avevano perduto quel ritmo tipico di chi incomincia a conversare e rispetta le parole quanto il silenzio. Di cosa parlavano invece di brindare e fare l'amore? Beh, lo dirò, ma che resti tra noi: Tommasino il pauroso e la sua povera moglie parlavano dei peni.

Prima di esserne certo aspettai di sentire meglio quella parola; non c'erano dubbi, erano proprio i peni. Non si trattava di pene d'amore né di pene dell'inferno ma dei più miserevoli e meschini... «Aspetta, aspetta,» disse mia moglie, che iniziava a incuriosirsi, «forse parlano dei beni, dei loro beni». «No, no,» le risposi, e non sapevo se divertirmi o dispiacermi per il povero Tommasino. Ma perché lo stava facendo? Non doveva, non doveva! Quel poveretto si stava incamminando sull'impervio cammino che nessun uomo dovrebbe intraprendere in presenza della propria moglie. Non avrebbe mai dovuto parlarle dei peni.

Non potevo divertirmi perché un altro uomo, dall'altra parte della parete, si stava umiliando come un pagliaccio al quale non si sarebbe più alzato il fiore. Immaginavo già il clamore della platea quando quella conversazione surreale sarebbe finita. Nulla lo avrebbe fatto tornare indietro, nel mondo ideale di ognuno di noi, quello che ogni uomo si costruisce a fatica per tutta la vita. Quella sera Tommasino aveva deciso di sconvolgere le regole sulle quali l'amore era fondato. Più volte fui tentato di bussare alla loro porta, far smettere quel supplizio; ma non sapevo da quanto tempo andasse avanti; in realtà io non sapevo nulla di Tommasino e sua moglie. Cosa avrei inventato se mi avessero aperto la porta e mi avessero invitato a entrare seguendo le regole del buon vicinato? Forse mi avrebbero fatto prendere parte alla loro assurda chiacchierata da matti. Ma non avrei mai potuto, io, che avevo deciso di attenermi alle norme stabilite dalla vita e dalle donne, generatrici di vita.

Tommasino il pauroso era un tipo con uno strano carattere: portava occhiali che non amava indossare per non vedere il reale volto della gente o perché la gente non vedesse il suo. Lo incontrai con l'immondizia in mano, a tarda notte, nel sotterraneo del palazzo, davanti al nostro locale spazzatura.

«Che cosa ci fa qui?»

«Che cosa ci fa, lei?»

«Io getto via un po' delle mie paure, come ogni sera; ma non lo dica a mia moglie, la prego, non lo dica a nessuno».

«Ha paura che lo dica in giro?, non si preoccupi, sarò muto come questi pesci morti».

«Ho capito,» disse Tommasino con la sua aria cinicamente divertita di sempre, adesso lo riconoscevo, «lei ha ascoltato attraverso la parete!»

«Chi?, io?, ma che dice, Tommasino?»

«Ha sentito il discorso sui peni, non è vero?»

«Ma che dice!, avevo migliori cose da fare...»

«Lei crede? Ma prima o poi vorrà parlarne anche lei. Quanto continuerà a mentire a se stesso?»

Quel matto che parlava di peni alle donne si era accorto che io avevo origliato attraverso la parete. Ma come poteva saperlo? Forse certe cose si capiscono dalle labbra: un tremolio della bocca precede una bugia, e se era vero che le mie bugie possedevano seduzione di verità, allora avevo capito anche la ragione di quella conversazione tra lui e la sua signora: Tommasino aveva paura, dunque, perché aveva scoperto la verità.

«Lei non sa,» mi disse. Stavamo risalendo al secondo piano usando le scale a chiocciola e se si cammina e si conversa contemporaneamente lungo quelle scale si rischia di vomitare. «Lei non sa che in tutta la mia carriera non ho mai osato chiedere le ragioni di una bugia; le bugie si accettano come si accettano i numeri e non si discute altrimenti sarebbero inutili».

«Ma, Tommasino, perché si ostina tanto a voler conoscere la verità, quella verità, quella che riguarda i peni? Le assicuro che tutti noi siamo felici perché condividiamo la stessa bugia e se tutti condividono una stessa bugia…»

«Sì, lo so, lo so... è come se fosse la verità. Ma io ho sempre avuto paura che l'inesauribile destino della menzogna mi attendesse, là fuori, sprovvisto di verità; è per questo che la mia immobilità mi aiuta a pensare e a cercare una soluzione».

«Ma una soluzione non c'è, non c'è, amico mio, si fidi».

Tommasino aveva paura persino delle mie mani; cercai di tenerle ferme mentre parlavo e mi lasciavo trasportare. Per la gente del sud è facile mescolare mani e parole. Eravamo quasi arrivati alle nostre porte, erano entrambe socchiuse perché avevamo mogli pigre che non amavano alzarsi e aprirci quando tornavamo dal locale spazzatura. Tommasino mi guardò per l'ultima volta prima di rientrare e affrontare quelle che aveva chiamato menzogne. Con un volto sereno mi salutò.

Appena chiusi la mia fragile porta d'ingresso, le gambe e i piedi strisciarono verso il divano, mi misi seduto come un cagnetto e appoggiai la testa sulla parete:

«Insomma, mi lascerai?» chiedeva lui.

«Ma no, ma no, te l'ho già detto e tu non mi credi».

«Come posso crederti se ogni volta mi dici una cosa diversa!, oh amore mio, che hai stretto tra le tue dolci mani dei peni più grossi del mio e mi lascerai a causa delle mie paure…»

Tommasino voleva insinuare quella notte che tutte le donne fossero bugiarde? e voleva farlo proprio lui, che parlava continuamente di bugie. Come poteva accadere una cosa del genere? In tutta la mia vita avevo avuto l'illusione di avere il pene più grande che mia moglie avesse stretto tra le mani, e adesso uno stupido matto aveva deciso di infrangere la regola più antica del mondo. Speravo che la mia bella e distratta metà non ascoltasse assieme a me; se avesse ascoltato, nulla sarebbe più ritornato come prima. Sapere di sapere è il più gran dispiacere.

Ma come avevo potuto illudermi che il mio fosse il più grosso? Era stata lei a farmelo credere... L'intera arte della seduzione femminile è forse fondata su quella innocua bugia? Tommasino, infine, tanto pauroso non era. E forse aveva ragione ad essere così ostinato. Voleva sapere: quella notte avrebbe interrogato la sua povera moglie finché non lo avesse confessato.

Intanto mi domandavo: «Cosa accadrebbe a un uomo qualunque se scoprisse di non essere il più dotato del pianerottolo, del quartiere, o di tutti i quartieri nei quali sua moglie ha vissuto? E cosa accadrebbe a chi dovesse scoprire di avere Tommasino il pauroso come vicino di casa?»

La mattina seguente ero stanco perché di notte non dormivamo mai, mie moglie ed io. Facevamo l'amore per ore ed ore, e a un certo punto mi accorgevo che attraverso le persiane della sala da pranzo s'intravedevano i raggi timidi del sole e i suoni della vita rinnovata passavano sotto le imposte. Aprii la porta, allora, con un occhio chiuso e uno aperto, e vidi il povero Tommasino rincasare. Aveva un volto sconvolto; sembrava grave vedere qualcuno che sorride sempre rincasare al mattino con una faccia così seria. Lo guardai un poco e poi guardai a terra, come facciamo sempre tra vicini. Lui fece lo stesso e chiuse la porta senza alcun rumore. Forse non lo avevo neanche visto, era stata la mia immaginazione o la stanchezza per non aver dormito. Ricordo che ogni notte Tommasino si svegliava e appoggiava la gobba alla parete del divano; doveva essere il rumore che fa una gobba contro una parete, quel rumore di toilette o di cannoni di mezzogiorno che suonano lontano. Ma perché il mio vicino si alzava e si sedeva sul divano durante la notte; non comprendevo, non potevo capire per quale ragione non fosse nel letto a cantare e far cantare. Tutti di notte dovrebbero cantare, o nei loro sogni o in quelli dei loro amanti.

Ammetto che non sarò capace di dare una descrizione di Tommasino il pauroso; dopotutto io ero soltanto il suo vicino. La mia opinione non conterebbe almeno quanto le mie parole quella mattina, che furono pressappoco queste:

«Esce o rientra?»

«A dire il vero, io non lo so,» rispose lui, «ho paura che l'immobilità sopraggiunga e per sfuggirle devo dimenticare se sto uscendo o rientrando; sono cose da contabile, non si preoccupi se non capisce».

«Come sta, Tommasino?»

«Non so come spiegarglielo... sento che sto per diventare muto».

«E da quanto tempo si sente così?» gli chiesi.

«Da quando sono sposato. Prima non mi succedeva, non sapevo neanche cosa fosse l'immobilità; da ragazzo mi ero convinto di qualcosa... e quando ci si convince di qualcosa è difficile ammettere che ci si sarebbe potuti convincere del contrario».

«Ma com'è questa immobilità; che aspetto ha?»

Tommasino me lo raccontò, ma dopo tanti anni rischio quasi di dimenticarlo; potrei non essere più lì, dentro i miei ricordi, potrei essere altrove ormai. Dopo tanto tempo si cambia il posto a tutti i ricordi. Cercai di tenere viva la sua attenzione e farlo parlare: a quei tempi anch'io odiavo i silenzi.

«Ci sono silenzi necessari, funziona così,» mi disse, «il tempo si porterà dietro tutte le voci che nei ricordi cambieranno suono e proprietario».

Conversavamo attraverso la porta; eravamo abituati. Ciò che mi premeva sapere era di cosa parlava con tanta passione e per tanto tempo assieme a sua moglie. Forse volevano avere un bambino e questo bambino non si decideva a venire; o il contrario, ne stava arrivando uno non previsto. In quel periodo anche mia moglie ed io stavamo cercando di avere un bambino, ma non era mai motivo di tanti litigi. Allora glielo chiesi, gli chiesi:

«Mi dica Tommasino, prima di rientrare e riprendere a discutere con sua moglie, perché parlate tanto e non fate mai l'amore?»

«Che cosa ne sa lei di come facciamo l'amore noialtri!, non potremmo farlo mentre parliamo?»

Capii che non me lo avrebbe mai detto. Alcune cose esistono per non essere dette a cani e porci; prima me lo mettevo in testa, meglio era per tutti, per i vicini, per me e per Tommasino. Povero lui!, che rientrava con la testa bassa e la voce stanca lasciandosi dietro la porta e me.

Quando anche io entrai e vidi mia moglie già in casa e già nuda, con la mia bella mania di guardarla, capii che tutti i vicini, me compreso, avevano una propria maniera di essere folli. Tutti avevamo la nostra immobilità, come la chiamava lui. Vale a dire, qualcosa che ci immobilizzava e decideva per noi. Guardai oltre mia moglie, sul tavolo e mi concentrai nella voce sommessa dell'amore.

A Nice in quel periodo c'era il salone dell'erotismo. Migliaia di visitatori da tutta la provincia accorsi per assistere a quello che non avevano il coraggio di fare alle loro mogli. Nei caffè che io frequentavo, da una settimana, se ne discuteva discretamente; come in un bar di Roma vicino al Vaticano.

Tommasino era sicuro di ritrovare il suo coraggio nei luoghi sbagliati. Forse quella sera in cui lo incontrai sulle scale di casa, stava proprio andando lì. Ma io, che avevo ancora negli occhi le immagini deliziose di mia moglie che mi aveva regalato tutta la gioia del salone dell'erotismo dopo aver bevuto una buona bottiglia di vino, non glielo avevo chiesto.

Nel ricordare la storia di Tommasino il pauroso, non capisco come mai, ogni volta che lo incontravo, provavo quella mistura di timori che tanti anni davanti a uno specchio non avrebbero equiparato. Ero persuaso che, parlando con lui delle sue paure, le avrei fatte mie e avrei rovinato il meraviglioso rapporto che avevo con la mia signora. Dall'eccitazione che si notava negli occhi, Tommasino mi diede l'impressione che stesse proprio per andare a vedere gli spogliarelli; aveva l'ansia di chi parla e non trova le parole. Ma lui era sempre così. Più lo guardavo e più mi convincevo che non avrei mai capito cosa aveva nella testa. Sapevo che c'era qualcosa che lo tormentava e di cui parlava soltanto con sua moglie. Tuttora mi chiedo come avesse intenzione di risolvere le sue idee malate. Io, le mie idee, le trovavo sane e non mi chiedevo mai le ragioni di questa o di quella scelta. Era il mio segreto; avrei potuto svelarglielo, chissà se gli sarebbe servito.

Tommasino andava nello studio contabile poco distante dal nostro palazzo; non aveva il tempo di riflettere su quello che succedeva con sua moglie perché per andare al lavoro ci voleva un minuto. E in un minuto, caro Tommasino, non potevi comprendere nulla della tua vita né di quella degli altri.

Il suo lavoro consisteva nel donare tanti anni di vita a quello studio. Solo a volte si era veramente convinto che qualunque mestiere era per lui un mestiere qualunque. Ma non era così; fare il contabile aveva trasformato molte parti della sua testa e anche per questo discuteva sempre con sua moglie.

Ci sono regole che fanno di un vicino di casa quale io ero, un buon vicino, uno di cui ci si può fidare, al quale si possono confidare tutte le angosce. Probabilmente il mio silenzio dovette sembrargli un'osservazione di quelle regole e convincerlo a fidarsi di me. Ma io non volevo ascoltare; non volevo perché non ne avrei ricavato nulla di buono. Soprattutto quella sera, quando ritornai e, proprio mentre pregustavo il sapore dell'emozione della mia devota e attenta metà, Tommasino mi prese per il braccio e mi confessò:

«Anche oggi abbiamo parlato dei peni, lei non lo sa?»

Era la sera in cui questa storia di Tommasino il pauroso finì, ed incominciò la mia.

«Perché, Tommasino?» gli chiesi.

Dietro la porta sentivo le palpitazioni di mia moglie che mi stava aspettando per fare l'amore. In mano avevo una bottiglia di Chianti, era il rosso che piaceva a lei. Quella notte avrei voluto bendarla con le sue mutandine e farle provare i molteplici piaceri dell'ignoto. Invece ero lì, sul pianerottolo, a parlare con Tommasino il pauroso dei peni e di sua moglie. Dietro la sua porta non batteva nulla.

«Venga con me, Tommasino, andiamo nel mio ufficio, staremo al caldo e parleremo dei peni».

«Credevo che il suo ufficio fosse a casa sua».

«Venga, ho tanti uffici».

«Ma io non so se posso lasciarla così, da sola, senza discutere un po' con lei...»

«Andiamo Tommasino, venga. Sua moglie mi ringrazierà».

Uscimmo proprio mentre il freddo cessava, Tommasino era preoccupato. Viveva in quella fase di immobilità e non capiva che l'immobilità era sempre esistita ed era persino necessaria.

Lungo rue de la République non c'era nessuno; doveva essere triste uscire di mattina presto come faceva lui e tornare a casa quando per strada non c'era nessuno. Io ero abituato ad andare in ufficio quando le strade erano piene e a tornare a casa prima che si svuotassero. La gente mi era utile, per il lavoro e per le angosce. Per questa ragione ero forse il solo che poteva comprendere quell'uomo così curioso. Chiunque capisse la sua esistenza solitaria, era destinato ad ascoltarlo.

Guardammo le vetrine chiuse, distrutte dalla sporcizia e dal maltempo; nuovi magazzini, aperti da ricchi investitori torinesi, cercavano di insediarsi tra quelli più vecchi e più adatti ad accogliere noi del quartiere. Avremmo potuto discutere lungo la via, approfittando della posizione delle nostre teste rivolte in avanti, e dire quello che volevamo senza guardarci negli occhi. Ma Tommasino attese e si chiese per tutto il tragitto da casa al mio ufficio in che modo parlarmi delle sue manie.

«Insomma, qual è il suo mestiere?, mi dica, mi faccia partecipe della sua gioia. Non sa quanto la invidio».

Se c'era qualcosa che io temevo, era proprio la mia gioia; ne ero geloso più di mia moglie, forse perché era a lei che la dovevo. Mi fece quella domanda in un momento delicato per il mio lavoro; mi disse che anche per lui la felicità era esistita; io gli credevo. Guardandomi finalmente negli occhi, dentro agli occhi, continuò:

«Il suo mestiere, benché non voglia parlarne con me, è la causa di tutte le mie paure».

Ero stupito perché fino a quella sera mi ero vigliaccamente convinto che la storia di Tommasino il pauroso non c'entrasse nulla con la mia. Invece stavo ascoltando la rivelazione che quell'ometto con la gobba e un paio di inutili occhiali nuovi aveva preservato per me. La piazza era sgombra, c'era stato il mercato e molti dei resti della caotica giornata passata s'infilavano nei nostri piedi. I piedi di Tommasino e i miei erano uguali; portavamo le stesse scarpe. Non me n'ero mai accorto.

Ci sedemmo ai tavolini di legno del primo bar, erano consumati; accanto a noi due anziane signore bevevano ambassador e ordinavano piatti morbidi mascherati da piatti esotici. Una volta seduti, ci rilassammo entrambi. Tommasino aveva meno paura, disse:

«Mi parli di quello che sente attraverso le pareti. Che cosa ne pensa, le faccio pena?»

Le due signore si davano spiegazioni a vicenda circa i loro salmoni ripassati. Tommasino mi fissava e attendeva una risposta. Fu con non poco imbarazzo che risposi:

«Mi sembra che molto raramente lei e la sua compagna urliate per il piacere».

Ero molto abituato alla scomodità di ogni sedia; da anni soffrivo di dolori cronici alla schiena e al collo, ma quella sera me ne dimenticai. Tommasino si accorse, dalle mie parole, che avevo capito tutto quanto ci fosse da capire; e mi chiese ancora:

«E lei, cosa ne pensa?, le faccio pena?»

La pena... Chi poteva arrogarsi il diritto

della pena? Eravamo due uomini con le scarpe uguali. Per cui gli risposi:

«Ha sentito le due signore?»

«Che cosa c'entrano col mio problema?»

«Stanno mangiando salmone in salsa d'ostrica e parlano di quando erano giovani, della loro vacanza a New York nell'anno della bufera».

«E allora?»

«Le ascolti; poi ascolti quei giovani all'altro tavolo che bevono pastis e discutono di politica. Ecco il mio segreto, caro Tommasino; talvolta il mio lavoro si fonda sull'ascolto».

I rumori dei piatti e delle forchette era uguale a quello delle mense, di una mensa vicina a un ospizio pieno di gente silenziosa che parlava di New York. Tommasino non comprendeva; lui aveva scelto di interpretare una parte, accettarne le gioie e i dolori. Io no, ma non volevo discuterne con lui, che ora era ossessionato dalle notti in cui sua moglie non urlava.

«Mi dica, cosa prova quando sua moglie urla per il piacere?»

«Non lo so,» gli risposi, «non ci ho mai pensato perché in fondo non m'importa di quello che provo io ma di quello che prova lei».

Era vero, dovevo ammettere che Tommasino il pauroso stava parlando di un angolo dei nostri letti di cui non ci eravamo mai interessati. Non avrei mai voluto ascoltarlo; sapevo che le ossessioni sono contagiose.

Il Sully aveva il soffitto alto e una parete rosa

che mi metteva di buon umore quando pensavo alle storie del mio quartiere. Tommasino mi stava facendo ricordare la mia adolescenza, dall'altra parte del porto, e lentamente incominciavo a dimenticare mia moglie. La mia vecchia vita in rue Segurane mi perseguitava: fu grazie alle sue domande che ammisi finalmente che stavo fuggendo anche io da qualcosa... Lo ascoltai ancora mentre continuava a spiegarmi la questione dei peni e delle urla.

«Si è chiesto perché mia moglie e io non urliamo mai di notte?, si è mai chiesto da dove provengono le urla?»

«Nessuno se lo è chiesto. Perché si vuole fare del male? Non deve, non deve più parlare dei peni con sua moglie, Tommasino».

«Sono felice che lo abbia capito; adesso che il mio dolore è alleviato e le mie angosce diventano le sue».

«Fino ad oggi l'amore non aveva dimensioni; le urla erano nella mia testa e in quella di mia moglie. Non mi ero mai chiesto se le sentissi o se le immaginassi solamente».

«Ma come ha potuto credere che il suo pene fosse il più grosso?!»

«Non l'ho mai creduto Tommasino; non me lo sono mai chiesto perché l'amore cambia tutte le cose, le rende migliori».

«Quindi è come una lente d'ingrandimento?»

«Lei è fissato. È un pazzo fissato. Avanti, coraggio, mi faccia vedere!»

Il suo volto si fece più serio; si mise dritto e guardò le signore che chiedevano l'addition. Tommasino sapeva qual era il mio lavoro e per questo mi aveva perseguitato rischiando di confondermi le idee e trascinarmi nel suo mondo surreale. Avevo ancora in mano il vino e le banane fresche per mia moglie. Mi guardai un po' il pene e per un secondo la paura che ci fosse una banana più grossa e che a lei piacesse di più mi fece sentire come Tommasino. Compresi le sue idiozie, ma feci in tempo a rinsavire e chiedergli:

«Lo tiri fuori Tommasino, mi faccia vedere. Di che cosa ha paura?»

Le anziane signore scivolarono via sui marmi sporchi; la puzza del loro pesce era ancora lì. Tommasino si tirò giù i pantaloni; stava finalmente per guarire dalla sua paura.

«Allora dottore,» mi chiese, «che cosa ne pensa, è grande abbastanza?»

«Le dirò una cosa, caro Tommasino, una cosa molto importante. Lei è in perfetta salute amico mio; non ha nulla di cui aver paura. Il suo pene è più grosso del mio».

Dolori inutili

Eravamo nel quartiere della Gare, dove gente vera parlava la sua lingua e io mi sentivo più a mio agio perché ero meno me stesso. Ai tavolini di una caffetteria in rue Pertinax sedevano sempre vecchietti soli, con le mani tranquille tra le cosce e un giornale chiuso davanti agli occhi. Tutti avevano freddo, quell'anno era arrivato un inverno simile alla miseria, che avvolse ogni cosa, ricchi e poveri, senza risparmiare nessuno.

Luis ed io eravamo seduti accanto alla vetrina. Fuori pioveva ogni mattina fino alle undici. Un uomo solo stava inzuppando un panino col prosciutto nel latte e caffè; in bocca io avevo ancora il sapore della strada, le carezze e le bocche sdentate di Pertinax. Nonostante tutta quella gente che urlava nella sua lingua, nelle mie orecchie c'era solo il rumore delle fognature, dell'acqua che vi scorreva dentro e ci passava in mezzo ai piedi mentre fumavamo sotto le tende bucate del locale. La padrona era una signora bionda, con movenze giovanili camuffate dietro un corpo su cui avevano vissuto in tanti. Aveva capelli biondi che non riflettevano più la luce.

Quel giorno dovevo fare un'ecografia ai testicoli. Era stato il mio medico a prescrivermela pochi giorni prima che incontrassi Luis in rue Pertinax. Il mio medico si chiamava Costa, era il medico degli italiani. Riceveva in boulevard Jean Jaures, proprio sopra il Café de Turin; la puzza delle ostriche congelate arrivava fino alla sala d'attesa. Sembrava di aspettare in una pescheria.

Ero con Luis, dunque, e bevevo noisette dal sapore salato dell'acqua sporca. C'era acqua gialla che schizzava fuori dalle tubature bucate accanto alla porta del locale, la gente non ci faceva neanche caso. I passanti quel giorno esprimevano nei loro volti le angosce di chi, come me, li osservava per gioco o per disgrazia. Luis era un galiziano che aveva occupato il mio appartamento di rue de Foresta. Davanti a quella schifosa noisette, discutevamo proprio delle case e dei testicoli. Il mio amico nutriva nei miei confronti una buona stima e possedeva una buona dose di modestia per farmene partecipe.

Camminai piano lungo Lepante perché l'appuntamento nello studio medico era fissato all'una, e mancava ancora mezz'ora. I testicoli mi facevano sempre più male. Si trattava di quella specie di dolori che nascono in una zona occulta del cervello e si espandono poi in precise parti del corpo. Camminai e ascoltai gli uccellini che facevano l'amore nei giardini; le fronde delle palme ballavano un ritmico valzer che potevi seguire se avevi orecchio. Più avanti, sul retro del centro commerciale, incontrai anziani arrabbiati e ragazze impazzite per le loro borsette.

Il laboratorio per le ecografie era in rue Gioffredo, era molto diverso dallo studio del dottor Costa; sentivo la nostalgia del pesce e delle ostriche congelate. C'erano due segretarie vestite di bianco, con i tipici occhiali colorati da segretaria e le unghie curate da segretaria. Da quelle parti doveva esserci un negozio per segretarie. Prima di me c'era una donna vestita di lana fatta a mano con pazienza; mi diede l'impressione di una testimone dell'amore. Una delle segretarie scriveva o fingeva di scrivere; il rumore dei tasti era simile a quello della grandine su una grondaia. L'altra stava chiedendo alla donna vestita di lana se quello era il primo giorno del suo ciclo perché per le analisi di cui aveva bisogno era indispensabile che fosse il primo. Per loro fortuna lo era. Mi avvicinai ancora un po' per ascoltare la conversazione; sapevo che l'avrei messa in questo libro. La segretaria chiese ancora, Quanto dura il suo ciclo?, una settimana? La donna vestita di lana si accorse che tutti la stavano ascoltando e provò a dare una risposta discreta, in maniera che tutto diventasse privato e la segretaria imparasse il significato della discrezione. Io lo imparai e mi allontanai; feci una passeggiata nella hall, aveva il soffitto basso e limitava la mia libertà di pensiero, così, in attesa che una delle due segretarie mi chiamasse, riuscii a guardare un po' i quadri di Van Gogh appesi alla parete più grande. Stavo guardando gli infiniti blu e i gialli delle campagne arlesiane, quando finalmente qualcuno mi chiamò. Signor Iodice, mi dissero, lei ha preso appuntamento, non deve aspettare qui… Il mio amico Luis stava ancora nella parte vera della città, tra la gente che parlava la sua lingua d'origine mista al francese, e poi sarebbe andato a vivere nel mio appartamento in rue de Foresta. Ed io invece stavo seguendo una dottoressa lungo le scale a chiocciola che portavano nella sala per le ecografie.

La donna vestita di lana era rimasta giù; cercava di parlare piano. La segretaria urlava talmente forte che dal piano di sopra sentivo ogni cosa. Finsi che fosse una canzone e mi concentrai negli altri quadri appesi un po' a caso anche lì. C'erano addirittura le stampe di Logang, il pittore nero della Promenade, interprete vero di questa città. Perché, mi chiedevo, soltanto chi arriva da fuori riesce a dipingere così bene le colline e i tetti, oppure la tristezza e la gioia sempre passeggere di queste persone? E perché, mi chiedevo anche, di questi tempi c'è ancora gente che si imbarazza a parlare di cicli mestruali?

La dottoressa era giovane e sposata, aveva

l'anello e l'aria frustrata. Due ragioni sufficienti per non raccontarle la prima parte della storia e incominciare con la seconda. E così, dissi, ho deciso di venire da voi e controllare da dove proviene questo dolore. Le fa più male il destro o il sinistro?, mi chiese. A volte uno a volte l'altro, oggi mi fanno male tutti e due, oggi il dolore è davvero insopportabile. Va bene, lasci pure qui i suoi vestiti e mi raggiunga nell'altra stanza.

Mi ritrovai in uno spogliatoio grosso come una di quelle cabine dei lidi balneari, che aveva tre porte. Una da dove ero entrato io, una con un gancio per appendere i vestiti, e un'altra che mi sembrò semichiusa e mi diede l'idea che proprio lì sarei dovuto entrare io; vedevo già un filo di luce nello spiraglio. Per cui mi misi davanti alla terza porta, senza le scarpe e senza i pantaloni, e aspettai. Cercai di non badare alle reazioni nervose che manifestava il mio corpo nei momenti di eccitazione; ma il mio corpo non mi ha mai ascoltato in vita mia! Dovetti fare un passetto indietro per non toccare la porta.

La dottoressa si era legata i capelli e aveva indossato un paio di occhiali simili a quelli delle infermiere quando mi chiamò e mi fece entrare. Sotto il camice s'intravedeva una gonna blu, di un blu acceso come i fiori di Van Gogh esposti di sotto. Era un peccato che una volta uscita da quel laboratorio in rue Gioffredo, la gente si ricordasse soltanto dei quadri di Van Gogh e non di quelli di Logang. Fuori dalle finestre si vedevano passare le ragazze impazzite per le borsette. Erano graziose e parlavano a voce bassa; dalle loro labbra rosa venivano fuori dolci melodie simili all'amore. Mi sarebbe piaciuto dire loro che erano impazzite per la cosa sbagliata ma non potevo muovermi perché non avevo i pantaloni. Come mai non porta i boxer signor Iodice?, mi chiese la dottoressa. Non so, risposi, mi sento libero soltanto così.

Mi misi su un lettino, un uomo piccolo che tentò di accarezzarmi una spalla mi indicò dove lasciare i vestiti che avevo ancora in mano; la dottoressa non si era infilata i guanti, si era soltanto legata i capelli. Sul mio lettino mi sentivo protetto e coccolato come da bambino nel letto di mia nonna. L'eccitazione è soltanto un fattore nervoso, dissi, deve scusarmi e non prenderla sul personale. Non si preoccupi, capita spesso, non ci faccio più caso ormai, mi rispose lei. Questa doveva anche essere la ragione della sua frustrazione, ma non glielo dissi; era la stessa storia delle borsette. Forse era molto meglio smettere di pensare ai dolori degli altri e concentrarmi un po' sui miei.

Il gel che era freddo e appiccicoso mi diede stimoli particolari; mi suggerì soluzioni ai problemi e rimedi ai dolori. Il gel era freddo e mi svegliò dal mio torpore.

I suoi sono dolori inutili, signor Iodice, lei non ha nulla; ha soltanto preso un po' di freddo. Freddo?, le chiesi. I quadri persero un po' della loro luce, forse perché anche per i soggetti di un dipinto funzionava così. Ero io a dare loro vita?

I suoi sono dolori inutili, ripeté la dottoressa. Aveva una ciocca di capelli fuori posto. Mi piace immaginare che sconvolsi impercettibilmente il suo equilibrio; è bello sentirsi un macho almeno nei tuoi ricordi.

Sono inutili, le ripeto, mi ripeté, perché se portasse le mutande prenderebbe meno freddo e i suoi testicoli sarebbero più protetti. Ma io senza le mutande mi sento libero, risposi, la prego, non mi dica che non mi resta neanche questa libertà! Funziona così da quando esistono le mutande signor Iodice, altrimenti non le avrebbero inventate!, lei è libero quanto lo sono quei tizi laggiù; non ha nulla che loro non abbiano, se lo metta in testa.

Non mi piacque quella conversazione e non mi piacque neanche che mentre lei diceva quest'ultima frase io stessi lì sdraiato senza le mutande addosso… Mentre parlava con me, attraverso una specie di citofono, con un orecchio ascoltò un messaggio dell'uomo piccolo, il quale l'avvisò che una sua paziente stava aspettando in linea per un consiglio urgente. La dottoressa si scusò e mi fece un cenno, prese la cornetta sulla scrivania senza muoversi dal mio lettino, con la disinvoltura dei medici che nel proprio studio si possono permettere qualunque cosa, e rispose, Mi dica cara. Si abbassò sulla scrivania per allungare il filo arrotolato attorno alla sua sedia, la cornetta le scivolò via, ma la riprese al volo abbassandosi un po' di più. Il rumore del tacco che urtava sotto il lettino mi fece vibrare come se fossi su una sedia elettrica. Fu questione di un secondo ma a me bastò per accorgermi di un dettaglio molto importante: neanche lei portava le mutande.

Clarissa che mangiava i tortellini

Mentre giocavo a creare le forme con la schiuma, mi sono accorto che una bambina con il faccino triste mi guardava dall'interno del bar. Mi è sembrato ingiusto che stesse seduta lì, dietro a un vetro, e fosse costretta ad ascoltare le conversazioni dei genitori e degli amici dei genitori, mentre io giocavo a fare le facce con la schiuma e mi godevo la frescura nell'ombra gialla degli alberi del viale. Mi sono chiesto cosa fare: se continuavo, potevo farla sentire ancora più triste, ma, se smettevo, non le restava che ascoltare i grandi parlare di politica (eravamo vicini alle elezioni e tutti parlavano di politica, era uno strazio). Ci ho pensato un attimo sopra, poi mi è venuta in mente una nuova forma divertente e ho ordinato un altro cappuccino.

A Colonia non si poteva cambiare il colore

delle case; erano considerate patrimonio dell'umanità, e questa umanità doveva essere una coi gusti orrendi perché tutte le case erano grige e fatte di pietra. La facciata del palazzo del bar mi sembrava simpatica, era l'unica colorata, arancione e gialla, ma poi l'hanno fatta ridipingere.

Clarissa che mangiava i tortellini mi ha chiamato da un tavolino della trattoria con le frasi d'amore, mi ha offerto un bicchiere di whisky, ma io il whisky non lo potevo bere perché era vietato quando non ero con mia moglie, la quale mi diceva sempre: il whisky è vietato! E io le rispondevo: ok. Ma quando Clarissa che mangiava i tortellini mi ha chiamato dalla trattoria con le frasi d'amore scritte dappertutto, mi sono detto: un solo bicchiere non mi farà male.

E quello è stato un giorno strano perché ho scoperto che Clarissa prima di mangiare i tortellini ne aveva bevuti altri due, di whisky, e quello che ha offerto a me era il fondo del terzo bicchiere. La cameriera della trattoria, quando mi sono avvicinato, era seduta allo stesso tavolo di Clarissa, sembrava che fosse una sua amica e che stessero mangiando insieme, aveva degli occhiali grandi e di conseguenza anche gli occhi erano grandi. Mi ha guardato e mi ha sorriso, e quando qualcuno ti guarda e ti sorride vuol dire che ha già capito come andranno le cose. Infatti, dopo avermi sorriso, mi ha detto: lei non è mai stata in Europa, aspetta che qualcuno la inviti. Era una di quelle frasi che una donna usa per lanciare un segnale a un'altra donna, ma io sono uno sveglio e i segnali li afferro al volo! Anche se in effetti non c'era bisogno di essere tanto svegli per capire quello che voleva Clarissa mentre bagnava i tortellini nella panna e poi diceva mmmm ogni volta che ingoiava il boccone. Ogni tanto mi guardava fisso negli occhi e io pensavo subito a mia moglie per non dimenticarmi di un'altra cosa che mi diceva sempre: non guardare le altre donne negli occhi o mi arrabbio! E io le rispondevo: ok. Dopotutto, non stavo facendo nulla di male, non mi ero seduto neanche tanto vicino a lei, anzi, ero nel lato opposto della trattoria e tra di noi c'erano dieci sedie vuote e due tavoli. Inoltre quel whisky a Clarissa non serviva per ubriacarsi, ma per il raffreddore, aveva preso freddo perché a Montevideo l'avevano portata in un locale notturno, dove si balla solo di notte, lei aveva ballato per tutta la notte, quando si balla si suda molto e quando si suda molto si rischia di prendere un colpo di freddo e, infine, il raffreddore come era successo a lei.

C'erano anche altri camerieri e tutti sembravano amici di Clarissa. La guardavano e le sorridevano mentre ascoltavano distrattamente i suoi racconti. Clarissa ha parlato a lungo del suo lavoro in Brasile, - era brasiliana - si occupava di un parco di ventiseimila ettari insieme a altre quindici guardie forestali. A me sembrava un lavoro davvero interessante, più del cameriere e del disegnatore di facce sui cappuccini, e non ci trovavo nulla di divertente nelle sue parole. Le ho chiesto un sacco di cose sui parchi e sugli incendi e lei è stata così felice di parlarmene che si è dimenticata anche del raffreddore. Mi piaceva vedere i suoi occhi illuminarsi mentre parlava dei boschi. Intanto la cameriera con gli occhiali grandi ha approfittato della mia presenza per sparire in un'altra sala e ha lasciato Clarissa da sola, se non ci fossi stato io di fronte a lei ad ascoltare il seguito del racconto.

In Brasile ci sono due tipi di parchi, quelli nazionali e quelli statali; il parco di Clarissa - che nel frattempo aveva finito i tortellini e ripulito il suo piatto talmente bene che io non avrei mai indovinato che contenesse tanti tortellini fino a cinque minuti prima - era statale, vale a dire, apparteneva allo stato in cui lei viveva. Nello stesso stato ce n'erano altri quaranta. Non mi ricordo il nome dello stato, ma potete scoprirlo da soli, basta cercare lo stato del Brasile in cui ci sono quarantuno parchi, né uno di più né uno di meno. Mi piacevano molto i capelli di Clarissa, erano luccicanti, ma cercavo di non guardarli, sempre per le stesse ragioni di cui vi ho già parlato, anche se, adesso che ci penso, mia moglie non aveva mai parlato dei capelli ma di altre parti del corpo, era sempre stata molto dettagliata per cui, se le avesse dato fastidio, avrebbe inserito anche i capelli nella lista di cose che non mi era permesso guardare. Così ho fatto un complimento a Clarissa, la quale era rimasta in silenzio perché credeva che a nessuno interessasse il suo racconto, e le ho detto: sono molto luccicanti i tuoi capelli, sembrano auto illuminati, non hanno bisogno che tu accenda la luce di sera. Lei ha posato la forchetta che brillava più dei capelli e mi ha guardato. Non doveva avere un marito che le faceva la lista delle cose proibite perché mi ha guardato dalla testa ai piedi e poi di nuovo dai piedi alla testa. Quando passava per il petto, a causa del mio ego maschile e degli insegnamenti di mio padre - che però ha divorziato tre volte e quindi non è quel che si dice un buon esempio - lo gonfiavo un po'.

Un paio di volte Clarissa si è alzata per andare a parlare con il barman, lo trattava come un amico, ma lui le dava le spalle e continuava a sistemare le bottiglie, per cui alle domande che Clarissa poneva a lui finivo per rispondere io. Abbiamo parlato di tante cose, anche della felicità, e di una scrittrice che si chiamava come lei, ma della quale non ricordo il cognome. Per scoprire di chi si tratta, basta che cerchiate le scrittrici donne di nome Clarissa, che hanno parlato una volta o l'altra, della felicità. Più precisamente, l'altra Clarissa, la scrittrice, aveva parlato del giorno dopo la felicità e aveva detto: da tutta la vita desidero essere felice, ma che succederà dopo esserci riuscita? Mentre citava questa frase, la prima Clarissa ha sospirato talmente forte che il suo profumo è arrivato fino a me, nonostante le dieci sedie e i due tavoli vuoti. Saremo felici?, mi ha chiesto. Certo!, ho risposto, lo saremo perché la felicità è qui dentro, non dobbiamo cercarla da nessuna parte. Un altro sorriso le ha acceso il volto senza che nessuno lo vedesse; erano tutti occupati a lavare i bicchieri dietro al bancone.

Dopo avermi chiesto tre volte dov'era il mio hotel, ho deciso di usare una tecnica che mi ha insegnato mia moglie, la quale mi ha sempre detto: quando sei in viaggio e un'altra donna ti chiede dov'è il tuo hotel, tu dille una bugia! Così ho risposto: alloggio vicino alla stazione degli autobus, che era la parte del paese opposta a dove alloggiavo in realtà. La bugia mi era riuscita bene perché ci aveva creduto, aveva detto: ok. Ma subito dopo ha aggiunto: la mia valigia è proprio nella stazione degli autobus! La ragazza con gli occhiali grandi si è messa a ridere e questa volta, pur essendo molto sveglio, non ho capito la ragione della sua improvvisa risata. La mia valigia era tanto grande, ha detto Clarissa, che ho dovuto lasciarla lì perché domani mattina parto per Buenos Aires e non sapevo ancora dove avrei dormito; il tuo albergo è caro?... A questo punto non sapevo cosa rispondere perché, se le avessi detto la tariffa del mio vero albergo, poi si sarebbe accorta che era una bugia, così le ho detto che il prezzo di una camera nel mio albergo era un prezzo medio, e non potevo lamentarmi.

Ci siamo avviati insieme mentre io mi chiedevo come fare una volta arrivati al finto albergo e lei si chiedeva qualcos'altro che non sono riuscito a indovinare. La ragione per cui non ho potuto indovinare i suoi pensieri è strana da spiegare. Clarissa si era alzata un paio di volte, avrei potuto accorgermi prima della cosa strana da spiegare, ma mi ero distratto a leggere le frasi d'amore, c'era scritto per esempio: la vita non va compresa ma vissuta, oppure: oggi è un buon giorno per diventare un giorno magnifico, e altre simili romanticherie che la ragazza con gli occhiali e i suoi amici dovevano aver copiato da Internet.

Ho lasciato trecento pesos per i miei cappuccini, li ho infilati sotto il piatto per non farli portare via dal vento, e ho detto a Clarissa che l'avrei aiutata con la sua valigia, si trattava di galanteria, quando mi sono accorto di questa cosa strana da spiegare: Clarissa, a guardarla bene, era davvero piccola e non potevo guardarla negli occhi per capire quello che pensava! Quando eravamo tutti e due in piedi, io le vedevo solo i capelli. Avevo già visto le scarpe, che erano rosse e molto piccole, ma non avevo immaginato che fossero proporzionate al corpo perché a volte ci sono persone che hanno i piedi piccoli e il corpo grande, come i calciatori o i ballerini. Clarissa si è alzata e si è messa la giacca, che, alla luce di quanto vi ho appena detto, non mi sembrava proprio la giacca adatta a una persona piccola perché era molto lunga e la accorciava ancora di più.

Ci siamo avviati lungo il viale giallo, attraverso la città vecchia; io che avevo bevuto due cappuccini non ricordavo come ci ero arrivato nella città vecchia, ma lei che aveva bevuto tre whisky lisci, sì. Mi sembra di ricordare che, oltre ai capelli, e forse agli occhi se li avessi guardati un po' meglio, di Clarissa a me non piaceva proprio niente e mentre camminavamo sulla stradina irregolare che prendeva la forma delle radici degli alberi, mi chiedevo perché diavolo mi fossi cacciato in quella situazione. Soltanto perché avevo sentito il bisogno di essere gentile con una ragazza?! Ma Clarissa non era esattamente una ragazza, mi aveva raccontato che nel 1991, quando lei aveva ventidue anni, nel suo parco c'era stato un avvistamento UFO, e uno dei suoi quindici colleghi era stato sequestrato dagli alieni; quando lo avevano ritrovato, aveva un tatuaggio sul fianco con delle scritte aliene; pare che la lingua degli alieni fosse il sanscrito. Ma non vi racconto questo per parlare degli alieni, bensì per farvi notare un altro segnale che una donna è capace di lanciare mentre sta parlando degli alieni. Se nel 1991 Clarissa aveva ventidue anni... oggi dovrebbe averne... Mi sforzavo di fare il calcolo senza farglielo notare; non serviva a nulla aiutarla con le valige e poi offenderla per l'età. Meglio una ragazza che si trascina la valigia da sola piuttosto che una signora aiutata da uno che non sa fare i calcoli. Per distrarmi dalla sottrazione degli anni, perché quando penso ai numeri mi viene il mal di mare, Clarissa mi ha guardato per un momento e io me ne sono accorto perché è stato uno dei brevi attimi in cui ha smesso di parlare. Mi ha guardato tacendo in quel modo in cui solo una donna sa tacere, parlandomi e dicendomi tante cose sconce pur tenendo la bocca chiusa e le labbra le brillavano più dei capelli e delle posate. Dobbiamo andare di qua, le ho detto. A me sembrava che la stazione dei bus fosse da tutt'altra parte. Anche a me, ma quando ho visto la rosticceria ho riconosciuto la svolta.

Siamo arrivati al deposito bagagli, mi sentivo un facchino perché non avevo nessuna intenzione di andare a letto con Clarissa quindi non avevo nessuna ragione di essere lì ad aspettare che mi caricassero una borsa da campeggio più alta di lei sulle spalle. La storia della galanteria non se la sarebbe bevuta nessuno e io non avrei saputo cosa raccontare. Per cui c'erano solo due soluzioni: la prima era sparire mentre lei entrava nell'ufficio del deposito, e la seconda era andare nel finto albergo e fare l'amore con la piccola Clarissa soltanto perché dopo avrei potuto raccontare qualcosa che avesse un senso. Ero in una situazione strana, come avevo intuito dopo aver finito il secondo cappuccino, quello, è stato davvero uno strano giorno. Avrei voluto telefonare a mia moglie per chiederle come uscire da quell'impiccio, ma poi avrei dovuto spiegarle come ci ero finito e non mi è sembrata una buona idea; non sono bravo a raccontare come finisco negli impicci e avrei rischiato per farla ingelosire. Penso che tutte le sue raccomandazioni siano dettate dalla gelosia, ma la gelosia, quella, io non la capisco. A cosa serve avere paura di soffrire? Se sei sicuro che a letto con una che porta le scarpe rosse e l'impermeabile fino alle caviglie non ci andresti neanche se fosse cosparsa di panna e tortellini, è inutile che tua moglie sia gelosa? Eppure, tutte le mogli lo sono, e io, che mi credevo così sveglio, non riuscivo proprio a capire il perché.

Andrés Aguiar camicia rossa

(Pubblicato in *Nuova Antologia*, nel 2016)

Montevideo, febbraio 1846. Agli ordini del Governo, sempre agli ordini del Governo, disse il Generale in piedi davanti allo specchio. Era una di quelle mattine in cui gli specchi possono contenere due persone, marito e moglie talvolta, fratello e sorella, amanti, oppure, come in questo caso, un Generale della legione straniera e il suo fedele moro, Andrés Aguiar.

Quando partiamo, signore? chiese il moro al suo superiore. Domani, le barche sono pronte per navigare verso il nord del Paese; hai paura Andrés? Non ho mai avuto la gioia di conoscere la paura, signore, a volte l'ho sognata, ho sognato me stesso in vesti di padrone, nato in un'altra epoca, ma in quella in cui sono nato io, lei lo sa, o rimanevo schiavo o fuggivo, come ho fatto, e nessuna delle due scelte permetteva il lusso della paura.

Negli occhi fieri di Andrés Aguiar, il fedele moro di Garibaldi, non c'era in effetti la minima traccia di emozioni deboli come quelle cui siamo abituati noi che leggiamo, lontani da un avvenimento tanto glorioso come quello che si apprestava a vivere la legione italiana sotto gli ordini del Generale. Erano poche centinaia di soldati devoti, in attesa di imbarcarsi su tre navi, un battaglione formato dalle guardie nazionali sotto il comando del Colonnello Lorenzo Batille.

Andrés osservava sempre i movimenti del suo superiore, non doveva chiamarlo padrone perché quella era la maniera di chiamare coloro che compravano i negri, centocinquanta pesos per un ottimo negro forte e docile, dicevano gli annunci sul Diario dell'Uruguay. Il Generale scuoteva la testa davanti a quegli annunci e voltava la pagina in fretta per non fargliela vedere; non era sicuro che sapesse leggere, non glielo aveva mai chiesto, ma la sua velocità nel voltare quella pagina dimostrava senz'altro che lui, così rispettato da migliaia di uomini, rispettasse a sua volta ognuno di essi.

La città di Salto era uno degli avamposti ancora sotto il potere di Oribe, l'esercito della Confederazione era comandato da Gomez, che aveva fama di uomo ingenuo. Il Generale non parlava mai male dei suoi nemici prima di affrontarli, non era corretto, Andrés lo sapeva, per cui, quando tutto sembrò pronto per uscire, senza aggiungere altro, uscirono. Andrés Aguiar era un ragazzo alto e silenzioso, rideva con gli occhi piccoli e lucidi dei neri, la legione italiana contava molte decine di fuggiaschi come lui, arrivati soprattutto dalla parte orientale dell'Uruguay, alla ricerca di quella gloria che rende libero ogni uomo. Il Generale lo guardò senza sorridere, difficilmente mostrava i suoi sentimenti, l'allegria o il dolore erano segreti preziosi che, in quegli anni, ogni soldato imparava a custodire con la speranza di parlarne un giorno ai suoi bambini o alla sua sposa.

Si raccontavano anche altre cose sul conto del Generale e dei suoi uomini, riguardo alle donne che incontravano sul loro cammino, nei paesi piccoli e anonimi delle campagne uruguayane, donne giovani, senza nome e senza passato, che avevano poco da ridire quando venivano trascinate in un pollaio per dieci minuti, e, per questo, le generazioni successive avrebbero impiegato forza e anni di lotta per cancellare il ricordo della violenza silenziosa subita dalle loro ave, della quale, loro malgrado, avrebbero sempre portato dentro una dose sufficiente per gli incubi e i pianti notturni di una donna, quelli cui un uomo non sa mai dare spiegazioni.

L'indomani mattina - era il mese di febbraio e il caldo tropicale pesava nelle camicie come pietre ingrate e senza età - i soldati della legione italiana partirono per Colonia. Andrés camminava dietro al Generale mentre salivano sulla passerella per imbarcarsi, secondo un patto che non avevano mai stipulato e che, pure, sembrava tanto vincolante quanto l'amore tra un padre e un figlio, il moro gli guardava sempre le spalle e lui si sentiva più sicuro, assumeva un'andatura fiera. Tutti hanno ricevuto le uniformi pulite? chiese. E lei le chiama uniformi? rispose il Colonnello, quelle sono camicie da macellaio! Infatti è stoffa che serviva per le macellerie, è lana resistente... che c'è? non ti piace il rosso, Lorenzo? guarda il lato positivo, se ti sparano non c'è bisogno di lavarla! Andrés rise forte mostrando i denti bianchi e avrebbe voluto intervenire, tuttavia, come imponeva il protocollo militare, tacque. Il Generale scherzava per alleviare la tensione degli uomini, il suo umorismo era per metà italiano e per metà rioplatense, gli anni di avventura e di lontananza dal proprio Paese possono rendere un uomo tanto triste quanto divertente, giacché la tristezza dell'individuo è sempre servita per l'allegria della massa, e la massa, quel giorno, aveva il colore rosso delle nuove uniformi. Ad Andrés, la camicia stava grande ma a lui non importava affatto, tutto vestito di rosso, con il fazzoletto legato attorno al collo, i suoi genitori, morti schiavi, gli avrebbero dato la loro benedizione. Il Colonnello si aggiustò il bavero della giubba e non rivelò che, in fin dei conti, anche a lui il rosso aveva acceso subito gli occhi. L'umore alto degli italiani era precursore di felicità, combattevano uniti per la Repubblica dal 1943, difendevano Montevideo e morivano, se necessario, per servire la loro causa.

Colonia, Martín García, l'Isola di Vizcaino y Rincón de las Gallinas, furono attaccati con tanta velocità che persino i più coraggiosi non ebbero il tempo di rendersi conto di essere già in guerra; il coraggio ha il cattivo difetto di spingerti a fare qualcosa della quale, però, non conserverai un gran ricordo giacché l'hai fatta col cuore e non con la testa.

Le imbarcazioni furono ritirate per ordine del Generale dopo pochi giorni, quando l'avanzare dell'esercito della Confederazione, composto da una cavalleria di più di mille uomini, divenne minaccioso. Per fortuna, dalla parte occidentale del fiume arrivarono i soldati di Baez per unirsi alla legione italiana. Baez era un uomo forte, si racconta che attraversò il fiume a nuoto e prima di raggiungere gli italiani raccolse nei prati cento cavalli che furono utilizzati per lo scontro più importante, quello di San Antonio, l'otto febbraio. La legione italiana contava quel giorno circa cento soldati, la cavalleria di Baez altri duecento, tutti agli ordini del Generale, il quale, dopo aver discusso a lungo coi Colonnelli, decise di attaccare a mezzogiorno. Il campo era in pianura, a un chilometro e mezzo dal lago di sangue in cui in breve tempo si ritrovarono i suoi uomini, il Generale vide un casale abbandonato, dietro il quale si appostarono per il resto del pomeriggio.

Gli spari non procuravano nella pelle dura e pulita di Andrés un solo brivido, li ascoltava con una parte intima delle sue orecchie, una zona dell'udito in cui si sentono i rumori dei sogni o quelli più piccoli dei ricordi. Continuarono fino a notte inoltrata, quando, lentamente, diminuirono di intensità fino a scomparire con le prime nuvole dell'alba del nove febbraio, il giorno in cui il Generale pronunciò una frase che Andrés non avrebbe mai dimenticato: siamo vivi amico mio!, disse, e lo chiamò amico, ma non furono le parole a impressionare il moro, anzi, altre volte lo aveva chiamato così, durante la cena per esempio, o mentre gli parlava del suo Paese; piuttosto, fu quell'accenno di sorriso, un sorriso stanco, provato dalle decine di affronti corpo a corpo che aveva coraggiosamente vinto, a renderlo tanto felice. Andrés era un moro privo di paura, forse, ma dotato di un grande senso dell'amicizia, che quella notte, nelle campagne di San Antonio, un piccolo paese sperduto nella provincia di Salto, il Generale in persona gli stava offrendo con il suo primo sorriso.

Il Colonnello Batille aveva guardato Andrés battersi contro i mille uomini della cavalleria di Urquiza come se non temesse di morire, come se non potesse morire affatto, o come se la morte fosse una decisione dell'uomo e non di Dio, quel Dio che a volte li aiutava e altre no. Il tuo moro oggi si distingueva da quei superstiziosi soldati napoletani, era l'incarnazione del demonio, tutto vestito di rosso, freddo davanti al pericolo, non si direbbe neanche che si tratti della stessa persona! Il Generale e il Colonnello lo osservavano chiacchierare appoggiato su un braccio e guadagnarsi la simpatia di tutti i commilitoni, sembrava realmente un'altra persona, diavolo assassino di giorno, pagliaccio burlone di notte. Andrés rideva e dimostrava il suo carattere pacato senza badare alle somme che, inevitabilmente, tiravano i superiori dopo lo scontro. Calcolare i morti e i feriti era compito dei burocrati, il suo dovere era la guerra, il suo stesso destino, si disse, era la guerra.

Non è il mio moro, rispose il Generale, Andrés Aguiar non appartiene a nessuno, è nato libero e morirà come tale. Baez annuì, anche secondo lui quel ragazzo, del quale nessuno, lui compreso, conosceva l'età precisa, era tra i più valorosi; poi disse ai compagni: non mi sono mai sentito tanto onorato di essere un soldato come oggi in queste campagne. Il Generale lo guardò, gli mise una mano sulla spalla e rispose: non rallegriamoci troppo, oggi sono morti trenta dei nostri. Quanti feriti? chiese Batille. Più di cinquanta! E i loro? Non saprei contarli, cadevano come colombi, è stata tutta colpa di Gomez! a quanto pare, ci teneva a mantenere la sua reputazione; non ho mai visto commettere tante ingenuità sullo stesso campo! se avessi affrontato un comandante più intelligente, probabilmente non sarei qui a raccontarlo.

Le truppe nemiche avevano perso centoquarantasei soldati, ma questi sono dati che loro, quella mattina nelle campagne, non potevano ancora conoscere. Ne avrebbero parlato i giornali quando la notizia della vittoria sarebbe arrivata a Montevideo, dove, negli uffici governativi, già si vociferava che il grande Generale italiano ce l'avrebbe fatta sicuramente. Tuttavia, per lui non si era trattato affatto di vittoria! I suoi uomini si erano ritirati, per suo ordine. Avevano occupato pacificamente Salto e combattuto a San Antonio superando il nemico per il numero dei caduti, ma quella di San Antonio, ripeté ancora una volta, non era una vittoria.

Dove sei nato Andrés? gli chiese il compagno d'armi Marques. A Montevideo, da padre e madre schiavi. Eri schiavo anche tu? No, io sono fuggito, rispose il moro, e tre anni fa sono diventato soldato. Aveva muscoli forti e mani grandi da contadino, dopo aver lavorato a lungo agli ordini del Generale Félix Eduardo Aguiar, dal quale aveva preso il cognome, era entrato nella legione italiana. Marques era moro, come Andrés, anche lui forte e anche lui libero, ma non sapeva ridere così bene; ci sono uomini che sanno ridere e altri che non sanno farlo, e i primi non possono insegnarglielo. Ridere è l'espressione dell'anima, un'anima non si riceve né si regala, ci si può soltanto nascere. Mentre chiacchieravano sotto la frescura delle mura della città, non immaginavano che quella cui avevano preso parte sarebbe stata chiamta la Grande Guerra per le Repubbliche Rioplatensi e che, grazie al loro sacrificio, noi oggi avremmo letto liberamente queste pagine.

Il Generale indicò Andrés e disse: in questi anni ho conosciuto tante specie di uomini, di là e di qua dell'oceano. Poi indicò l'Est con una mano aperta, nella quale immaginiamo che accogliesse il volto soffice di sua madre, in pena di fronte al porto di Nizza, affacciata a una finestra verde e intrisa di pianti, o dei figli che doveva avere e che, come era comune in quell'epoca, non conosceva neanche. L'eroe dei due mondi aveva il passato e il presente nel palmo di quella mano, e, per quanto riguarda il futuro, disse: a breve partiremo per Roma, Andrés verrà con me, tutti coloro che lo vorranno verranno con me, nella nostra bellissima e sciagurata Italia! Andrés non aveva bisogno di rispondere a quell'invito, lo avrebbe seguito ovunque per il semplice fatto che, da solo, non avrebbe saputo dove andare. Essere liberi, si disse, significa consacrarsi alle persone che amiamo. Senza, non saremmo nulla, né liberi né schiavi.

La puzza dei morti intanto arrivava sottovento perché non dimenticassero quello che stava succedendo. Ritornare vincitori non avrebbe dato loro la gioia che potremmo immaginare noi, incauti lettori; il pensiero dei compagni caduti impediva i sorrisi, che diventavano più piccoli e amari. Anche Andrés, che stava ridendo insieme all'amico Marques, a ben osservarlo, non rideva sul serio, ma mostrava i denti bianchi solo perché la gioia di essere vivo non ha nulla a che vedere con altre gioie futili a noi più note.

Di ritorno a Montevideo, dopo due giorni di viaggio via terra, il Generale accompagnato da Andrés fu ricevuto dal Ministro della Difesa, con il quale ebbe la seguente conversazione.

Anche questa volta ha dimostrato il suo valore militare e la sua abilità di capo e di uomo coraggioso, la legione italiana sarà ricordata per sempre, le vostre gesta... Lei mi parla così perché abbiamo ripreso Salto, o perché siamo ritornati vivi? lo interruppe il Generale. Che domande! la vostra vita importa più di ogni altra cosa. Se è così, perché non mi ha chiesto l'aggiornamento sui caduti, prima di chiedermi il rapporto militare dell'assalto di San Antonio? Il Ministro, colto di sorpresa, non rispose subito. Si versò prima un whisky che di regola lo aiutava a trovare il coraggio. Per un uomo d'affari, il coraggio è come il fondo del bicchiere: se bevi con gli occhi aperti non riesci a metterlo a fuoco e, se li tieni chiusi, non lo vedi affatto. Il Generale, calmo, pensava alla sua imminente partenza per Roma, di lì a un anno avrebbe combattuto in patria, ancora una volta fianco a fianco con Andrés. Il moro era seduto davanti all'edificio del governo, guardava i carri che facevano il rumore della sua infanzia; era un bambino allegro che non conosceva la differenza tra le classi e non immaginava che sarebbe stato così difficile vivere e restare vivo.

Quando sei un bambino che guarda i carri passare con il carico di grano, non sai niente della vita, eppure, adesso gli sembrava il contrario, gli sembrava di essere nato adulto e saggio, e che stesse ritornando bambino, alla ricerca di un'innocenza nascosta in quei suoi larghi sorrisi educati.

Il Generale uscì innervosito dall'ufficio governativo, disse che non ci sarebbe più entrato, questa è l'ultima volta che parlo di politica e che obbedisco a una persona così stupida, il Ministro non ha mai visto un cavallo morto schiacciare un compagno mentre questo gridava l'inno nazionale, Montevideo libera! Montevideo libera... non è vero Andrés? Lasci stare, signore, avrà altre occasioni per dimostrare che quello che per noi più conta è la vita come prima cosa al mondo, sebbene abbiamo pur sempre l'anima del soldato e i soldati uccidono per non essere uccisi; comunque, se ci sarà da obbedire, lo faremo ancora signore. Prepara il tuo sacco Andrés, partiamo per Roma! disse. Il mio sacco è sempre pronto, signore, lo sa, ripose il moro alzandosi e dimenticandosi dei carri e del grano. Portava scarpe senza i lacci e senza i calzini, i pantaloni erano ancora sporchi dell'erba e del sangue di San Antonio. Insieme, si avviarono verso il porto per informarsi sui preparativi della nave. Per rifornirla e radunare le persone necessarie alla traversata occorrevano ancora molti mesi, eppure il Generale sembrava andare di fretta come se correndo smaltisse la conversazione con il

Ministro. Gli aveva detto: la nostra ritirata nelle mura di Salto rappresenta per me una sconfitta, lei non è stato laggiù, non può capire... Quello fu un insulto? Rischiò di essere punito? Ci sono due risposte possibili, una per gli uomini d'affari, l'altra per coloro tra noi che hanno l'anima del soldato.

Davanti al Mercado del Puerto, un bambino sporco di fango e di lividi lo riconobbe, gli corse in contro urlando: questo è per lei Generale! è il giornale di oggi! la vostra vittoria è in prima pagina! Lo ringraziarono, Andrés con una carezza sulla testa, e il Generale con un gesto del mento e una moneta per pagarlo benché non gli fosse stato chiesto. Sulla prima pagina c'era scritto:

Trionfano a San Antonio le legioni di Garibaldi

Il Governo della Difesa rende onore ai legionari italiani e al loro capo, il Generale Giuseppe Garibaldi, per il trionfo ottenuto nelle campagne di San Antonio. Un decreto del Ministro della Guerra, il Generale Pacheco y Obes, ha indetto una grande parata militare (nella calle del Mercado) il 15 di questo mese in omaggio ai vincitori, e previsto altri riconoscimenti: che la leggendaria "Azione dell'8 febbraio del 1846 della legione italiana agli ordini di Garibaldi" sia scritta con lettere dorate nella bandiera dei legionari; che il nome dei caduti di San Antonio sia inscritto in una cornice che si collocherà nella sala del governo; che la legione abbia uno spazio riservato in tutte le parate e che tutti gli uomini portino come segno distintivo sul braccio sinistro uno scudo con la seguente iscrizione circondata da una corona: "Invincibili combatterono l'8 febbraio 1846".

Andrés Aguiar non aveva letto perché, come al solito, il Generale si era appartato con il giornale nelle mani e la testa bassa. Non disse nulla, sapeva tacere per giorni se era necessario; aveva più volte salvato la vita al suo superiore quando la fanteria di Gomez lo aveva accerchiato vicino al vecchio casolare, Andrés aveva attaccato uomini e cavalli senza guardare, urlando, sfinito per il caldo disumano. Lo aveva salvato e non pretendeva ringraziamenti, né si divertiva a raccontarlo in giro. Il quartiere del porto era pieno di soldati di ritorno da Salto, qualcuno raccontava le sue imprese eroiche, qualcun altro no. Il mormorio della folla accorsa sotto la grossa imbarcazione che stavano armando prima della partenza per l'Europa, gli ricordò che era destinato alla guerra e che anche a Roma lo aspettavano i rumori degli spari e delle granate, i più dolci che conoscesse da quando era fuggito per diventare un uomo libero.

Il siero della verità

(Pubblicato in *Crapula Club*, nel 2016)

Il dottor Candido Santino è sposato da una decina d'anni. Sua moglie è un po' gelosa, non lo lascia mai andare in giro da solo, lo controlla anche quando è al lavoro, lo chiama a intervalli regolari, che lui ha imparato a misurare, infatti sa sempre quando il suo cellulare sta per vibrare e cosa dire per non farla ingelosire. Candido Santino è un medico chirurgo, un uomo tranquillo, ha i baffi grigi e i capelli neri, la testa non ha voluto invecchiare insieme alla faccia; ama molto leggere, sulla sua cuffia in sala operatoria ci sono i disegni del Piccolo Principe. A vederlo così, sembra che non abbia mai tradito sua moglie e che lei esageri con le sue telefonate. Ma concediamo alla signora Santino una possibilità che poche donne hanno avuto fin da quando esistono il matrimonio e le corna; supponiamo che oggi qualcuno le abbia fatto trovare davanti alla sua porta un pacchetto azzurro e che lei lo abbia portato dentro domandandosi chi glielo ha dato.

Chi può essere stato?, si chiede mentre apre la scatoletta; è avida e curiosa, la sua curiosità è diabolica, la signora Santino è capace di scoprire qualsiasi cosa se dà ascolto alla fantasia, una cara amica che le dà sempre il consiglio giusto. Ultimamente, per esempio, si è convinta che al convegno sul diabete al quale ha partecipato suo marito ci fossero soltanto ragazze bellissime e disinibite. Lei era a casa e non aveva neanche fatto la ceretta, quando le è venuta questa fantasia e si è vestita di corsa per andare a verificare di persona. Chi sono queste ragazze con le gambe lunghe e lisce?, gli ha chiesto. Lui, un po' in imbarazzo davanti ai colleghi, le ha spiegato che si trattava delle hostess e che quelle erano le loro divise. Non essere gelosa, le ha risposto. Ma mentre lo diceva si guardava le unghie, quel farabutto si guarda sempre le unghie quando mente, ha pensato lei. E oggi finalmente avrà l'occasione di scoprire se suo marito è un bugiardo perché in quella scatoletta appena aperta sul tavolo della cucina c'è il siero della verità.

Sarà stato uno dei colleghi di mio marito, si chiede, quelli vogliono tutti portarmi a letto, sarà stato lo psicologo, Lancetta, o quell'allupato del ginecologo, Camillo Passerotti, sono tutti uguali, scommetto che dopo i loro convegni se ne vanno insieme nei night club.

Suo marito sta per tornare, ha avuto una giornataccia in ospedale, lei non sa come funziona un ospedale perché non ci è mai stata, preferisce immaginarselo. Cosa gli dirà? Come farà a fargli bere il siero senza che lui se ne accorga? La signora Santino è nervosa, non sa se dirglielo o se farlo di nascosto: zuppa con il siero della verità, sugo e polpette della verità. Ma forse la cosa migliore è farglielo bere direttamente dalla fialetta. Il calore del sugo potrebbe alterare le sue proprietà.

Eccolo, il dottor Candido Santino, ignaro di tutto quello che passa per la testa di sua moglie. Ha in mano un altro libro che vorrebbe che lei leggesse, gliene regala uno a settimana, sempre il venerdì, perché esce prima dal lavoro e ha più tempo per scegliere quelli giusti per lei; ma lei li mette ogni volta nella credenza insieme alle ceramiche, organizzandoli per forma e colore della copertina. Hai fatto più tardi del solito!, gli dice, in genere il venerdì esci prima... È vero, risponde lui, ma è stata una giornata incredibile e piena di imprevisti, erano tutti codice rosso. Ah, è così?, codice rosso? e quello che cos'è? Questo è un libro, è per te, parla dei fiori. Lo leggerò appena avrò il tempo, non c'è mai il tempo di leggere, leggere è un'attività infruttuosa! Suo marito dà un'occhiata ai dispositivi elettronici sempre accesi e alle icone colorate che la aspettano pazienti da un bel po'. Al centro del letto c'è la forma del gatto, un gatto pesante. E decide di lasciar perdere, è troppo stanco, va a farsi una doccia.

Quando torna in soggiorno, lei lo sta aspettando con un block-notes in una mano e la scatoletta azzurra nell'altra. Che cosa c'è lì dentro?, le chiede. E a questo punto lei decide di dirglielo: è il siero per dire la verità, voglio che tu lo beva!

Il dottor Santino ha studiato medicina per dieci anni, e per altri dieci ha avuto a che fare con specialisti di ogni genere, ha partecipato a congressi internazionali, convegni, corsi di aggiornamento, seminari sulle malattie e le loro cure, anche le più innovative, come quello sull'utilizzo del peperoncino per curare l'ulcera. Non crederebbe mai a una fantasia del genere, questa è l'ennesima dimostrazione scientifica che, a non fare un cacchio per tutto il giorno, anche la donna più intelligente può diventare scema.

Facciamo a metà!, brindiamo e vediamo cosa succede, potrebbe avere risvolti eccitanti in camera da letto..., le propone. È una dose per uno, me l'hanno appena consegnata; se l'esperimento funziona, la settimana prossima lo faccio pure io. Candido Santino estrae la fialetta dalla scatola, la guarda controluce, ma che sta facendo? Sembra che abbia in mano le analisi delle urine e voglia analizzarle come fanno i colleghi del laboratorio. Sua moglie è seria, è sempre seria quando si tratta di giocare con la fantasia, è una giocatrice di fantasie e lui lo sa, perciò le dice: e va bene, va bene, facciamo questo esperimento, basta che tu la smetta di essere gelosa, me lo prometti? La signora

Santino non si aspettava un ricatto, ma è talmente sicura di scoprire che lui la tradisce che è disposta a promettere qualsiasi cosa: affare fatto, gli dice, ora bevi! Lui prende la fiala e annusa, non ha odore, gli fa un po' paura... Sua moglie chiude bene le finestre, vuole l'assoluto silenzio durante l'esperimento, ha bisogno di concentrazione, si sistema al tavolo con il blocchetto e la penna, lui si distende sul divano e guarda il soffitto in attesa che il farmaco faccia effetto.

Guardateli! Sembra di essere nello studio di uno psicologo. Hanno addirittura staccato il telefono e spento i cellulari. Candido Santino ha avuto una mattinata intensa; avere a che fare con i pazienti per lui è come ricordarsi continuamente delle sciagure umane, grazie a loro non dimentica mai la sofferenza nella quale noialtri cerchiamo di crogiolarci il meno dolorosamente possibile, con la speranza di non passare dall'altra parte dei ferri; ma davanti a sua moglie, che lo guarda con l'antica austerità delle inquisitrici, sembra che la vita per lui perda il suo significato profondo e diventi un gioco, uno stupido gioco a tradire o farsi tradire, barcamenandosi tra l'illusione di essere felici e la consapevolezza che ciò non accadrà mai, perché nella sua ricerca, si ripete Candido, nella ricerca di una vita felice risiede la felicità stessa. Ed è per questo che ogni venerdì le regala libri sui fiori o romanzi di avventura, perché vorrebbe far provare anche a lei quello stesso amore per la vita che prova lui.

Davanti alle vetrine delle librerie, Candido Santino si fa sempre un sacco di risate perché, ossessionata dalla moda, un mucchio di gente ha iniziato a mettere la felicità nel titolo dei suoi libri, come se soltanto questo bastasse a guarire tutte le poverette ridotte come la donna di fronte a lui.

A cosa stai pensando?, gli chiede sua moglie. A nulla, ai libri, oh mio Dio, il siero funziona...

L'interrogatorio, dunque, ha inizio.

Analizziamo per un momento la posizione delle sue mani, per ora le tiene sulla pancia, giocano nell'attesa delle domande. Se la teoria di sua moglie è giusta, ci basterà aspettare che inizi a guardarsele per capire se sta mentendo. Lo sta facendo anche lei, non perde di vista quelle dita mentre, tanto per sciogliere il ghiaccio, gli chiede: dove hai pranzato oggi? Dal cinese, quello di fronte all'ospedale, lo sai, mi hai anche chiamato. È vero, me ne ero dimenticata, passiamo alla prossima domanda. I suoi occhi blu sono gelidi, la sua maniera delicata di indagare nelle sue stesse insinuazioni, sconcertante. Lui la guarda mentre la penna continua a graffiare quel blocchetto e le piante dietro le sue spalle ricordano loro la natura animale cui entrambi prima o poi dovranno obbedire. La scodella del gatto è ancora piena e puzza di fegato.

Seconda domanda: perché vai sempre nella stessa libreria?, vendono tutte la stessa roba, me lo hai detto tu. Io non ho parlato di roba, ma è vero, ci sono gli stessi libri dappertutto ormai, anche loro li scelgono in base al colore della copertina, ci schiaffano nel titolo la parola felicità e vendono migliaia di copie, ma... Ma? Ma io vado in quella in piazza perché mi piace la commessa, è una con cui chiacchiero di qualsiasi cosa, abbiamo gli stessi gusti in fatto di libri e poi... con quelle gambe che ha, quando va su e giù sulla scaletta per cercare i titoli del suo grande catalogo... Bene!, dice la signora Santino, e sbatte una mano sul tavolo mentre lo dice, vedo che il siero funziona proprio bene, ora dimmi, tesoro, perché ai tuoi convegni non c'è mai una hostess vecchia e brutta? e sono tutte perfette come modelle sulla passerella? Ma che dici!, risponde lui, le modelle non sono perfette, sono talmente secche che puoi infilargli addosso qualsiasi straccio, è una questione di praticità; le nostre hostess, le sceglie l'allupato, il ginecologo. Ma allora avevo ragione! Certo, lui si porterebbe a letto anche te, se tu ci stessi, se ne frega che sei sposata!, e quelle ragazze, comunque, potrebbero essere nostre figlie, tesoro.

Quando Candido Santino e sua moglie si chiamano tesoro a vicenda, qualcosa di spiacevole sta per accadere. È bello stare tanti anni con la stessa persona perché si impara a prevedere qualsiasi reazione, come fanno i meteorologi, che conoscono il colore di ogni vento e la direzione che prenderà.

Studiamo bene la situazione: lei è convinta

che lui la tradisca, perché una di quelle hostess (lo confermerà la prossima domanda) lavora proprio nella libreria in piazza; lui, invece, che sembra così tranquillo e sicuro di sé, confortato dalla promessa estorta a sua moglie, la promessa di non essere più gelosa, trarrà più vantaggi da questo esperimento. Che cosa fa adesso? Si guarda le unghie? Sta mentendo?! Ma no! Sta soltanto canticchiando una canzone e tiene il ritmo con le dita. È stanco, avrebbe preferito mangiare le polpette e fare l'amore con lei lasciando la cena a metà, come ai vecchi tempi; quando erano fidanzati lasciavano sempre la cena a metà. È per questo che le coppie felici sono anche magre e in forma.

Dove hai sentito quella canzone? Questa è una tua curiosità o fa parte del test? Il test serve a soddisfare le mie curiosità. Allora debbo confessarti che l'ho ascoltata in libreria. Era in filodiffusione? No, me l'ha fatta ascoltare lei. Lei, chi? L'hostess, voglio dire, la commessa, insomma, tesoro, è soltanto una stupida canzone. È una canzone d'amore!, urla sua moglie. È la prima volta che grida da quando si conoscono. In genere, quando si arrabbia, incomincia a sibilare come un serpente, e a lui fa più paura; quest'urlo invece lo lascia del tutto indifferente, si sta persino divertendo.

E dove te l'ha fatta sentire?, continua lei, scommetto che eravate nel deposito sul retro, sommersi da tutti quei libri, scommetto che ti ecciterebbe da morire!, l'odore della carta!, è per questo che tieni i tuoi libri sul capezzale del letto? Li tengo lì perché le mensole in soggiorno sono piene di ceramiche, e comunque, non eravamo nel deposito, ma nel bar della libreria, ecco, te l'ho detto, eravamo insieme a bere una cioccolata calda nel bar della libreria. E cosa ci facevi in un bar con una modella di vent'anni!!! Ti ho già detto che non è una modella, risponde Candido Santino, trattiene a fatica le risate. La sua sincerità gli costerà cara? È così grave dire la verità? E se fosse del tutto innocente, in fondo, cosa c'è di male a bere qualcosa e chiacchierare di libri, magari di libri da regalare a lei, che, tra l'altro, non li legge neanche? Il dubbio la sfiora, ma è molto più piacevole continuare a farsi del male immaginandoli seduti sulla stessa poltrona. Quelle stupide poltroncine della libreria, non sai mai se sono per due o per una persona perché in due ci si sta davvero stretti ma da soli sembrano enormi.

È per questo che hai fatto tardi? Sì, è per questo... ho fatto più tardi e ne sono felice. E perché? Perché quando sono arrivato ho scoperto che tutti i tuoi giocattoli erano pieni di icone colorate. E con questo?, domanda lei col timore che i ruoli si possano invertire. Candido Santino spiega con saggia lentezza: quando sei in casa, il venerdì pomeriggio, non ti schiodi da quegli affari, se non sei con uno sei con l'altro, a scrivere messaggini o a farti le foto da sola, per cui, vederli così, pieni di lucette in attesa di essere cliccate, mi ha dato l'impressione che da un bel po' ti stessi dedicando ad altro, e, giacché i libri che ti ho regalato sono tutti tra i tuoi piattini di ceramica ed è improbabile che tu stessi leggendo, ora ce l'ho io una bella domanda per te.

Sua moglie risponde di fretta: ho cucinato, ho fatto le polpette. Le polpette, le hai fatte ieri; quando mi hai chiamato per controllarmi come ogni giovedì durante il mio turno di guardia in ospedale, mi hai detto che stavi cucinando per stasera, te ne sei dimenticata? Tu vuoi invertire l'esperimento!, risponde sua moglie, e poi aggiunge: insomma!, mi hai tradita oppure no?

Era la domanda più facile considerando che il siero ha un effetto immediato, le sarebbe bastato fargliela subito, evitare tanti giri di parole, giri di parole che, a quanto pare, l'hanno appena messa in una posizione un po' scomoda. I suoi occhioni blu adesso sono seri, mentre aspetta una risposta che ritene di suo possesso, è lei la proprietaria di quest'uomo e di tutte le risposte che escono dalla sua bocca. Ecco a cosa sono serviti dieci anni di matrimonio!, è questo il vero significato di quell'aggettivo che si mette davanti a colui che si dice di amare, mio marito, mia moglie, colui o colei che è di mia proprietà.

Ebbene no, non ti ho mai tradita, te l'ho detto, sotto l'effetto di alcuna droga potrei dirti il contrario, mentirei; amo i libri, le storie che contengono mi aiutano a sentirmi meno medico e più uomo; è come se la mia piccola vita quotidiana si plasmasse sulle più vaste e infinite vite dei protagonisti di quelle storie; ed è di questo che mi piace parlare con quella ragazza, è una ragazza molto attraente, è vero, e tu che conosci le mie debolezze devi averne individuate in lei un bel po', almeno abbastanza da farti mettere su tutta questa commedia. Insomma, risponde infine sua moglie, urlando un po' più piano, non ti sei guardato le unghie neanche una volta, non puoi aver mentito, eppure ho ancora un dubbio; il siero, lo hai bevuto oppure no? No, non l'ho bevuto!, risponde Candido Santino, l'ho gettato nella pianta quando ti sei voltata per chiudere la finestra; e, un'altra cosa, considerando che il nostro gatto è morto da un mese e che oggi era il giorno libero di Camillo Passerotti, il ginecologo, dimmi tu la verità: che cosa hai fatto, tu, per tutto il giorno?!

La ricetta dell'amore

Non tutti sanno che nella mia città natale esiste un ristorante segreto, nascosto tra i vicoli del centro storico, proprio dove a Natale si vendono i presepi e le statuette del bambin Gesù e Pulcinella abbracciati mentre si scambiano la ricetta dell'amore...

La cuoca del ristorante dell'amore si chiama Bettina, è una ragazza con i capelli biondi e lunghi, e gli occhi neri come il caffè, vale a dire non proprio neri ma pieni di strane ombre luccicanti. Bettina è l'unica cuoca che conosco, che regala le sue ricette al primo che passa, una volta lo facevano tutti, oggi invece sembra che sui loro diari i cuochi custodiscano i codici per attivare il nucleare (che comunque non è che siano in mani migliori) o i numeri della prossima estrazione del superenalotto. A Napoli tutti giochiamo al superenalotto e tutti speriamo in fondo di non vincere, voglio dire, speriamo di vincere ma anche di non vincere troppo perché la nostra condizione di povertà storica è diventata anche il motore scatenante per un'altra ricchezza, quella di cui non si parla sui giornali. Non che al sud siano tutti poveri e straccioni, come raccontano sui giornali, anzi c'è un sacco di gente che se la passa bene, ma io facevo parte dell'altra metà, quella che nei vicoli del ristorante dell'amore si inventava un'esistenza divertente ricreando un mondo immaginifico e rifiutandosi di accettare quello reale.

Il giorno in cui ho incontrato Bettina per la prima volta, eravamo tutti e due in mezzo alla strada, in mezzo alla strada è un'espressione napoletana che non vuol dire letteralmente nel centro della strada ma semplicmente in strada, ed eravamo una da un lato e uno dall'altro di un vicolo stretto e puzzolente, le pareti dei palazzi si tenevano in piedi per scommessa e la luce non si degnava di superare il terzo o il quarto piano, che potevano essere anche intesi come il quarto e il quinto perché tra il secondo e il terzo ci avevano costruito un livello abusivo in cui allevavano i polli e le galline, più galline e meno polli, per non farli litigare. Bettina mi ha visto da laggiù e mi ha chiamato per chiedermi informazioni su come raggiungere il ristorante, era il suo primo giorno di lavoro e non voleva fare tardi; io invece avevo appena finito il mio ultimo giorno di lavoro perché facevo sempre tardi. Sai dove sta questo posto?, mi ha chiesto Bettina. No, ma se facciamo un giro troviamo di sicuro qualcuno che lo sa, iniziamo in quella direzione, vieni con me.

L'ho presa per mano perché con alcune persone non c'è bisogno di fare gli ipocriti e fingere che gli esseri umani siano perfetti e non abbiano bisogno gli uni degli altri. Con alcuni di noi ci si capisce subito, ci riconosciamo e ci prendiamo per mano, consapevoli dell'imperfezione della nostra specie, della sua incompletezza. Andiamo di qua, dai, corri, o farai tardi, ma che cosa c'è là dentro?! Bettina si portava dietro tutti i suoi attrezzi, le ricette dell'amore che aveva inventato erano su un quadernetto tutto sporco di farina e olio di girasoli. Come fai a sapere che è olio di girasoli?, le ho detto. Lo so perché ogni macchia è diversa, come per la gente, dalle macchie che uno ha addosso capisci cosa gli è passato per la testa, funziona proprio così, basta che vedi di cosa è sporco e capisci un mare di cose. Anche quando si è fatto la doccia? Sì sì, la doccia non c'entra niente.

Un vecchietto che vendeva 'o pèr e ‘o muss, che è una specialità del cibo di strada delle mie parti e significa piede e muso, piede e muso del maiale, mi pare, venduto bollito con sale e limone (il sale si tiene in un corno di mucca con un tappo di sughero sulla punta), questo vecchietto ci ha dato le indicazioni per arrivare al ristorante, era dall'altra parte del centro storico, prima di piazza Dante, dove ogni tanto vendono i libri sulle bancarelle. Perché vendono i libri sulle bancarelle insieme al pèr e 'o muss (quando Bettina parlava napoletano non si capiva bene quello che diceva, perché il napoletano è una vera e propria lingua e occorrono anni di pratica per saperla pronunciare come si deve). Ormai i libri li vendono dappertutto, anche nei supermercati, negli Autogrill (e come dice un mio amico, quelli sono proprio dei non-libri) e te li buttano dietro gratis, ma la gente li schiva che è una bellezza; siamo diventati dei veri schivatori di libri, potremmo anche proporla alle olimpiadi come nuova disciplina.

Sulle bancarelle, comunque, c'erano libri veri e libri fnti, quelli veri erano scritti da gente onesta, quelli finti erano messi insieme da gente spietata e senza scrupoli. Purtroppo i bambini non sapevano come distinguere le due categorie e per paura di sprecare i soldi della paghetta si accontentavano di cinquecento lire di pèr e 'o muss, così andavano sul sicuro.

Bettina si è sistemata lo zaino enorme che si trascinava dietro, suonava come un albero di Natale preso per il fusto e strapazzato per far cadere giù i regali e le palline, era pieno di mestoli e formine, fruste, frullatori, tutta roba che si era portata da casa (ha detto che veniva da un paesino in provincia di Santignuttolo, ma quando ho controllato sull'elenco telefonico non c'era nessun posto che si chiamava Santignuttolo), diceva che si trovava solo con la sua attrezzatura personale, perché se una teglia passa per le mani sbagliate il dolce è da buttare. Si è legata bene i capelli, erano talmente lunghi che ha dovuto usare cinque elastici, tutti di colori diversi, come i cinque cerchi delle olimpiadi, e mi ha stretto la mano. Io speravo per lo meno di andarci a letto insieme, dopotutto ero stato gentile e l'avevo accompagnata per tutto quel tempo. Avevo anche portato quello zaino pesantissimo per un lungo tratto, ma si vede che non avevo capito niente della storia delle ricette dell'amore e della consapevolezza della nostra imperfezione di esseri umani.

Quando ci siamo salutati, però, Bettina mi ha fatto un regalo, mi ha regalato una delle sue ricette dell'amore. Ma come faccio a usarla, non sono capace neanche a bollire un uovo senza farlo esplodere, e quando esplode un uovo ci vuole una settimana per mandare via la puzza!, le ho detto. Non ti preoccupare Frank, ha risposto Bettina dalla porta del ristorante, tutto quello che devi fare è raccontare questa storia e la gente farà il resto.

Johnsmith Esposito

Johnsmith Esposito era appena arrivato nella Contea più strana degli degli Stati Uniti, il paese di Twenty Miles, al confine sud dell'Illinois. La gente entrava e usciva dai supermercati, si riparava da una pioggia gentile, quasi tutti avevano lo stesso volto innervosito. Johnsmith Esposito stava aspettando qualcuno davanti all'ingresso di un centro commerciale che era il fiore all'occhiello del paese. Una rampa che veniva dall'autostrada gli passava proprio sotto il naso, si respirava aria di bufere lontane che si ostinavano a farsi sentire vicine; era l'anniversario della fine del mondo, nel pieno di una catastrofe culturale, ma i passanti non sembravano neanche preoccupati.

Nel parcheggio rovinato da una disperata ombra fatta di cemento e pioggia camminavano gli schivi abitanti del paese; Johnsmith Esposito pareva il più triste, visto così, da lontano. Indossava una giacca sottile che metteva in risalto l'eleganza dei suoi lineamenti e l'onesta corpulenza della figura, umana oltre ragione. Era stato altre volte in quel posto, ogni tanto desiderava tornare indietro e per tornare indietro doveva guidare verso Twenty Miles, dove ritrovava gli antichi abitanti, sempre gli stessi, i quali uscendo e entrando dai supermercati gli ricordavano le sue origini del sud.

Quella sera Johnsmith entrò nello studio di un medico con la speranza di farsi rimettere a posto il cervello; doveva sposarsi dopo una settimana... Ed ebbe con lui pressappoco la seguente conversazione:

«Lei è un ribelle dottor Esposito?» «Certo, fin da piccolo. Quando avevo cinque anni mi svegliavo sempre con il pistolino eretto e una ciocca di capelli all'insù. Mia madre usava l'acqua gelata per attenuare entrambe le cose». «Non capisco perché si è rivolto a me». Il medico era vecchio e non aveva i capelli, Johnsmith Esposito era più o meno giovane e aveva ancora molti capelli. «Voglio parlarle della felicità!» «La felicità, dice?» «Sì, la felicità per un artista». «Lei è un artista?» «Certo, quando ero al liceo non parlavo con nessuno e avevo sempre il torcicollo!» «Che cosa c'entra il torcicollo?» «Tutti gli artisti soffrono di torcicollo perché passano le ore a guardare fuori dalla finestra». «Ebbene, veniamo a noi. E alla sua felicità...» «Io non so più cosa sia la felicità, dottore». «Perché mai?» Il medico si tolse gli occhiali, Johnsmith si grattò la testa e rispose: «Vede, ogni volta che sono felice, la mia Ispirazione, forse perché crede di non essere più utile, mi abbandona». «È una tipa gelosa questa Ispirazione». «Troppo. Vorrei tanto non averla mai incontrata». «E adesso che cosa farà Johnsmith? Le partecipazioni sono già pronte. Ho parlato con il tipografo del centro commerciale, ed era tutto eccitato perché gli sono venute benissimo!» «Lo so, lo so...»

Johnsmith Esposito era un giovane ribelle che stava per sposarsi. Se avesse deciso di seguire la sua Ispirazione e fuggire con lei, le partecipazioni sarebbero andate tutte sprecate e sarebbero finite nel bidone dell'immondizia del centro commerciale, che era già pieno zeppo di partecipazioni e regali di nozze. Quel bidone era il luogo dove si erano celebrati tanti matrimoni.

«Per capire che cos'è la felicità c'è un solo modo». «E quale?» gli chiese il medico, che stava già dimenticando di essere un medico. «Rivelare il mio segreto a lei!» «Alla tua Ispirazione?» «No. Alla donna con cui mi devo sposare la settimana prossima». «E perché mai, Johnsmith?» «È l'unica maniera per stare in pace con entrambe. Devo fare in modo che si conoscano, per andare avanti senza tornare indietro». «Buona fortuna allora... Se vuoi dei calmanti, o vuoi portarne qualcuno con te, serviti pure. Sono nel centrotavola all'ingresso; ho acquistato quell'oggetto nel centro commerciale quando c'erano i saldi, è vero vetro di Murano!»

Quando tornò nell'Illinois, il suo telefono incominciò a squillare come se fosse caduto un fulmine dritto nell'antenna. Johnsmith Esposito avrebbe voluto organizzare bene i suoi pensieri, invece dovette rispondere perché era la sua futura moglie e, a quanto pare, anche lei era molto gelosa.

«Dov'eri? Ti ho chiamato a lungo, caro». «Ero oltre il confine, al sud, nei luoghi della mia infanzia, il telefonino non ama il passato, è un oggetto futuristico, lo sai, cara». «Quando torni? Mi manchi!» Era il momento giusto, doveva parlarle della felicità: «Devo parlarti della felicità,» le disse. «Amore mio, la felicità è qualcosa che non puoi descrivere». «Ma io non voglio descriverla, voglio solo parlarne...»

La conversazione tenuta col medico di Twenty Miles gli ritornava in mente come una palla di cannone al contrario, era la guerra dei ricordi recenti, sempre più forte di quella dei ricordi antichi. Johnsmith Esposito tirò un altro respiro. Dopotutto, una settimana era un tempo molto breve; non sembrava facile l'impresa di trasformarlo in un tempo lungo, e neanche in un pensiero semplice. Gli uomini come lui avevano solo due alternative: cercare la felicità o cercare l'Ispirazione. L'una si nutriva dell'altra e, come gli aveva appena dimostrato la sua futura moglie, erano entrambe molto gelose.

Nel frattempo, ai tavolini dei bar non si smetteva di chiacchierare dei festival e delle borsette di Louis Vuitton; le signore sole si toglievano le scarpe e appoggiavano i piedi sulle morbide sedie; e le penne degli altri continuavano a scivolare come pennelli bagnati di olio e fiori, mentre lui, poveretto, si ostinava a spiegare alla sua felicità che amava entrambe in egual misura. Forse avrebbe fatto meglio a rimanere a Twenty Miles, ma per il momento era ritornato. La sua casa nell'Illinois profumava di gerani e gelsomini, i vicini stavano giocando con il loro bambino piccolo.

«Che cos'è infine la felicità?» chiese Johnsmith Esposito alla sua futura moglie. «Te lo dirò tra una settimana, caro. Adesso accarezzami, fammi sentire che hai preferito me alla tua Ispirazione». Lei prese la sua mano, se l'avvicinò al petto e Johnsmith Esposito sentì il frivolo profumo dell'amore invadergli i sensi. La sua Ispirazione uscì lentamente dalla stanza; sulla strada per Twenty Miles un uomo migliore l'avrebbe meritata...

La Catedral del Tango

Da giovane facevo il rappresentante di prodotti per la scuola, un mestiere divertente perché avevo sempre a che fare con i bambini e non avevo alcun bisogno di trattenere le risate, potevo ridere tutte le volte che mi pareva. Ma non voglio parlarvi del mio lavoro, né dei bambini che a quest'ora saranno già a letto. Vorrei parlarvi, invece, di una donna che conosco e, più precisamente, del giorno in cui ci siamo incontrati. Eravamo a Buenos Aires, io avevo quattro penne blu nella tasca interna della giacca, lei stava cucinando la carne; ascoltò per gran parte del pomeriggio le mie storie da cartoleria, e, se ne avete voglia, adesso ne racconto una anche a voi.

Se ci riuscissi, vi parlerei di quella capacità

che ha una donna di guardarti solo per un secondo e dirti, in quel secondo: sì, tutto quello di cui stai parlando da un'ora è certo, ma avresti potuto evitarlo, avresti potuto guardarmi così! Soltanto che, così, un uomo non è capace di guardare nulla. Che cosa è capace di fare, allora? Il mondo è nelle loro mani, mani sempre piccole come quelle dei bambini, mani leggere quando le prendi per tenerle strette e dimostrare quanto sei macho stasera; ti accorgi del freddo soltanto quando le sue carezze sono finite.

Lei profumava di tartufo e aveva quella grazia speciale delle donne di una volta, una maniera tutta sua di parlare e muovere la lingua; la lingua è ciò che muove le parole! Nomi antichi e bocche rosa, senza i tremiti tipici delle ragazze del sud. La sua pelle era rossa perché quel pomeriggio era stata nel Botanico e si era addormentata sul prato, sotto il cartello che diceva: per favore, non calpestate l'erba. I cartelli non sono mai convincenti perché la gente a volte si comporta come i criceti, non legge le scritte e guarda soltanto i disegni. Aveva ricevuto sole e carezze, entrambe le cose facevano arrossire le brave ragazze. La sera in cui ci eravamo incontrati era fine maggio, l'inverno era alle porte e il cielo pieno di luci senza teste. La terrazza della pensione era sommersa dall'aura serale di Buenos Aires, quella dei palazzi che ci circondavano e facevano da spettatori silenziosi alla nostra commedia. Lei era più giovane di me, aveva iniziato un viaggio per scoprire il mondo e mi guardava come se il mondo lo avessi io! Lavorava in un Caffè colombiano di calle Thames, Palermo Soho, il quartiere dei locali notturni e dei balconi fioriti. La prima volta che andai a trovarla mi sorrise e non disse nulla perché anche io, a pensarci bene, dovetti fare lo stesso. Ci eravamo incontrati in quella pensione, dunque, e avevamo mangiato la parrilla con le mani e bevuto vino rosso che macchiava come sangue; nel petto dovevamo averne ancora un po' perché dopo essere entrato lo sentii bruciare, era caldo e bruciava come una vendemmia fatta male, con l'uva acerba che punge i piedi. Il giorno prima portava gli occhiali, erano occhiali piccoli da giornalista o da lettrice, mi avevano fatto pensare a quelli di qualcuno dei miei ricordi d'infanzia, ero cresciuto nelle redazioni dei giornali, con mio padre, e avevo incontrato numerose persone che portavano occhiali simili. I ricordi funzionano così, vedi qualcosa che hai già visto e ti illudi di conoscere già una persona, di averla incontrata in un'altra vita, o simili idee folli che ti aiutano a non ammettere la componente meccanica della tua testa.

Quel posto comunque era caldo. Il calore non si sente subito, è come un cattivo pensiero che sceglie il modo migliore per insinuarsi tra quelli buoni. Le pareti illuminate da lampadine costose quanto invisibili, alcuni libri pessimamente selezionati prendevano polvere in un angolo; io mi sedetti in quello opposto. Lei si avvicinò subito, proprio come un'amica che ti accoglie in casa, ma alle sue spalle c'era il proprietario del bar, seduto nella posizione dei proprietari dei bar, che pensano di essere i proprietari di tutto, il quale la guardava come se gli appartenesse e ci potesse giocare soltanto lui. Forse io non ero autorizzato a giocare. I suoi occhi, senza gli occhiali da giornalista, erano più belli. Solitamente quegli aggeggi valorizzano lo sguardo perché ti obbligano a cercarlo dietro al vetro e si sa che una cosa che cerchi, poi, una volta trovata, ti sembra persino più bella. Lei però, nel suo Caffè, e senza gli aggeggi di cui sto parlando, aveva occhi più sorridenti e più azzurri. Le variazioni di colore sono soggettive, i colori stessi lo sono, dipende da chi li guarda e da chi è il proprietario degli occhi. Non vi dirò il suo nome, non serve a nulla, né il mio, che non vi importerà tanto perché sono solo il narratore di questa storia che potrebbe anche non essere capitata a me, e, se così fosse, sarebbe almeno più interessante perché il protagonista potrebbe anche essere morto oppure in un ospedale con una gamba e la testa rotte. A me, comunque, piaceva tanto il suo viso mentre leggeva gli ordini nel computer portatile sul bancone, era una maniera per mostrare altri colori che normalmente non si vedono, come tutti quelli che ci interessano.

Prima di partire, avevo cenato un'ultima volta con mia moglie nel nostro bar preferito, quello nel parco, con le tende e le sedie blu, dove i colombi e i gabbiani litigavano per il pane. Vincevano sempre i gabbiani! Avevamo parlato del tempo e dei chilometri, gli argomenti più prostituiti su tutti i tavolini dei bar di mezzo mondo, e mia moglie mi aveva detto: se torni, non ci lasciamo più. Che cosa significava, non ci lasciamo più? Era un messaggio che racchiudeva altri messaggi, le donne sono brave a mettere un messaggio dentro l'altro, matriosche della comunicazione, scatole cinesi francesi, mescolatrici di paesi, allora. E io ero rimasto per un'ora a pensare a quella frase, prima di partire per il Sud America. Avevo comprato un volo, mia moglie non sapeva che il volo era di sola andata. E, se lo sapeva, era bravissima a fingere di non saperlo, soprattutto quando mi aveva detto: se torni, non ci lasciamo più.

Nel Caffè di calle Thames, comunque, capii che potevo fare due cose: tornare in Europa e non lasciare più mia moglie, oppure rimanere lì per capire di che colore fossero quegli occhi davanti al computer. Nella vita di uno che non sa neanche come si chiama, prendere una decisione così importante non doveva essere semplice. Nessuna decisione lo è, altrimenti non si chiamerebbero così; le decisioni sono roba per persone decise. Lei intanto mi guardava, mi sorrideva e io non sapevo perché fossi in quel bar. Non sapevo neanche perché stessimo parlando del tempo e dei chilometri, ma non come l'avevo fatto con mia moglie. Si può parlare della stessa cosa in tanti modi diversi, questo lo sanno anche i bambini, anche quelli che si sentono bambini per tutta la vita.

Eravamo stati con il naso all'insù tutti e due, su quella terrazza senza il pavimento. Le luci dei palazzi più alti erano bianche e azzurre, ma ormai mi è chiaro che per quanto riguarda i colori è meglio non ostinarsi con i dettagli; dirò d'ora in poi che le luci erano forti o che gli occhi erano accesi, così eviterò di cadere nel tranello che io stesso mi tendo ogni volta che ripenso a quella sera. Il palazzo della pensione era molto antico, risaliva al secolo scorso, una di quelle case coloniali con il patio al centro, sviluppate in maniera simmetrica e così naturale che mi veniva da chiedermi perché tutte le case non fossero così; eravamo tra le piante di bambù, si sentiva la puzza della ruggine di cui era ricoperta la parrilla, la arrostivano su quei ferri che da anni dovevano stare sotto la pioggia, avevamo mangiato carne e ruggine e il sapore era persino migliore di quella uruguaiana. Gli uruguaiani e gli argentini erano in continua competizione, la gente litigava per qualsiasi cosa, per la parrilla, per il tango, o per la maniera di servire il mate e di berlo. Erano tutti dei succhiatori d'erba, ma per i primi si trattava di erba fina, selezionata minuziosamente, la mettevano solo su un lato del mate e ne lasciavano sempre una parte asciutta per recuperare il sapore con la bombilla; per gli altri, invece, l'erba doveva essere completamente sommersa dall'acqua e non si doveva mai muovere la bombilla. Erano dei pazzi, a me il mate piaceva ma lo prendevo da solo, a modo mio, soltanto di rado mi univo a un gruppo. Quella sera, per esempio, lo avevo condiviso con lei, glielo avevo servito bollente e le era piaciuto molto.

Di fronte alla pensione, all'angolo della strada, c'era una lavanderia cinese, sembrava una gabbia, era sempre chiusa con le sbarre, ma ci andavo spesso perché la proprietaria era una donna simpatica, rideva con la facilità degli orientali, i quali pare che lo facciano per nascondere le loro vere emozioni, e, a pensarci bene, è quello che facciamo anche noi. Ogni volta che le lasciavo i miei vestiti, me li lavava e stirava in poche ore e, essendo da sola in quella gabbia, mi domandavo come facesse perché un'intera parete era piena di sacchetti pronti come il mio, ordinati per numero. La cinese della lavanderia era la mia migliore amica, con lei mi divertivo quasi come con i bambini nelle cartolerie, le davo sempre la mia penna per riempire il foglietto con il mio nome e, sotto il nome: deve ventotto pesos. Le due parti del testo insieme diventavano una frase sensata e portarla con me nella tasca mi inorgogliva perché era il risultato di due mani diverse che avevano riempito un foglietto così piccolo mentre ridevamo come matti.

Nel Caffè di calle Thames, comunque, parlammo anche di letteratura, c'era una fotografia di Borges che ce ne diede il pretesto; era una foto che lo ritraeva fiero, sicuro di quello che aveva in mente prima ancora di prendere la penna in mano, e accanto alla sua faccia c'era una frase che doveva aver scritto poco prima di morire. Parlava di possibilità e di nuove vite. Quell'uomo aveva avuto la fortuna di finire su una parete di un Caffè del barrio Palermo, ritratto poco prima di morire, a ottantacinque anni, assieme al suo desiderio di rinascere e amare tutto ciò che non aveva potuto amare nella sua prima vita!

Il proprietario la mandò fuori a occuparsi di due signore appena arrivate, che sedevano da sole e guardavano il menù senza leggerlo; è facile capire se qualcuno guarda un menù senza leggerlo, perché non muove gli occhi, fissa una pagina e pensa ai fatti suoi, oppure fa finta e in realtà sta guardando altrove con la parte viva delle pupille. Mi piaceva come lei teneva la voce bassa e dava all'ambiente il calore di cui mi ero accorto entrando; era merito suo, io lo capii più tardi. La voce bassa delle ragazze mi ricorda i racconti che mi leggeva mia madre quando non conoscevo ancora la corrispondenza tra le parole e le immagini. Rimasi per un po' a chiacchierare con il ritratto di Borges mentre si occupava dei clienti e mi sorrideva ogni volta che mi voltavo verso di lei. Erano le sette e mezza passate, il locale chiudeva alle otto, di fronte a me c'era una ragazza di Buenos Aires che aveva ordinato un caffè-latte con più latte e meno caffè. Le rioplatensi erano meravigliose, possedevano il portamento elegante di una ballerina russa e il corpo eccitante delle latine, che in altre epoche mi sarebbe senz'altro parso perfetto. Quel pomeriggio, però, mi venne l'idea che la perfezione non fosse affatto interessante. Nel frattempo, il ricordo della sera precedente sulla terrazza della pensione continuava a mescolarsi con ciò che avevo davanti. Era come se tutti i discorsi in sospeso stessero riprendendo forma, anzi, si trattava di occhi e di lingue, non soltanto di discorsi!

Oltre a farle pulire il bagno e gettare l'immondizia, il proprietario non trovò più nulla da ordinarle. Mi guardò nel riflesso della vetrina mentre lavava qualcosa in fondo al locale. Alle otto, finito il suo turno al Caffè, sarebbe andata in calle Sarmiento, nella Catedral, un ristorante all'interno di una vecchia chiesa, dove si pagavano trenta pesos per mangiare vegetariano e ballare il tango. Io non lo so ballare, mi disse, ho preso soltanto una lezione mesi fa. Da quanto tempo sei in Argentina?, le domandai in francese. Da qualche anno, disse, da quando ho lasciato Lyon. E la tua prima vita? E la mia prima vita... Quando parlammo di prime vite, mi ritornarono in mente Borges e mia moglie, entrambi abili manipolatori di parole. Se torni, non ci lasciamo più. Un caffè-latte con più latte e meno caffè. Lezioni di tango in una chiesa trasformata in ristorante. Nella mia testa, in tutte le sue parti, meccaniche e animali, c'era senz'altro una gran confusione.

Erano tempi difficili per le teste di chi viveva lontano da casa; si sfioravano peccati come fiori di lavanda a primavera, potevi camminare nei prati viola e tenere le mani alte fino a quando non ti facevano male e eri costretto a rimetterle giù, o potevi anche restartene a casa, nessuno ti obbligava a partire. Ma partire, si sa, sembra sempre una specie di obbligo da assolvere quando, da solo, nel tuo letto, nessuno te ne assegna. È strano, mi dissi, in questo posto mi sembra di esserci già stato; doveva trattarsi di un'altra falsa immagine che si sostituiva ai ricordi. Mi sentivo, a tratti, di nuovo bambino nelle braccia di una donna che poteva essere mia madre o qualsiasi altra, importava soltanto il suono di quella voce, così leggero da sentirlo già dentro la testa senza passare per le orecchie. Così doveva sentirsi Borges quando aveva scritto: sono una di quelle persone che vivono la propria vita proficuamente e in maniera sensata. Il rumore della penna di Borges - che doveva essere di sicuro una penna blu, con la punta a sfera, leggera e sottile, e che doveva tenere molto vicino al naso mentre scriveva quella frase – si sentiva di nuovo insediarsi nella sua voce bassa, che portava con sé molte cose di cui lei era ignara.

Aveva un corpo che la sera prima mi era sembrato fatto in un modo e, adesso, in un altro, come se si trattasse di due donne simili ma diverse, due sorelle, due bambine che giocavano a trasformarsi agli occhi di un altro bambino. Portava i capelli legati, una treccia piccola le accarezzava il viso, gliela guardavo e mi piaceva, e a lei, a sua volta, piaceva che sorridessi alla sua treccia. Mentre saliva al piano di sopra, la spiai senza che se ne accorgesse, s'intravedevano le mutandine sotto i pantaloni corti. Vieni alla Catedral?, mi chiese prima di andare su. Il proprietario aspettava che si muovesse; lei aspettava la mia risposta. Ma non potevo correrle dietro come un fidanzatino, così le dissi che ci sarei andato dopo il tango, solo per bere qualcosa con un collega di Cordoba che vendeva le enciclopedie. Ok, rispose, ci vediamo lì. Tu balli il tango? Non posso, avrò da lavorare. Sarà una buona scusa per non ballare con nessuno, perché io conosco solo te. Ma la Catedral è piena di belle ragazze che aspettano qualcuno con cui ballare!, mi disse. Meglio stare attenti allora, il tango è pericoloso. Pericoloso?!, mi chiese, non capiva. Le accarezzai una mano, non so perché lo feci, e risposi: ti racconto più tardi. E aggiunsi un'ultima cosa prima che sparisse con il secchio e la scopa: ti ho portato questo, dagli un'occhiata. Lo prese e lo guardò per un po', in quel momento ebbi l'impressione che stesse decidendo qualcosa, non sapevo esattamente cosa, ma ne ero sicuro. Se lo infilò nella tasca del grembiule, che diventò più stretto. I pantaloni corti, dei quali si vedeva solo la parte posteriore, diventarono più belli. Fu allora che capii un'altra cosa riguardo alla perfezione dei corpi: appena succedeva qualcosa tra la mia testa e quella di una donna, il suo corpo si trasformava e diventava irresistibile. Deve succedere qualcosa di simile con i clienti di un bar: quando li vedi entrare ti sembrano tutti uguali, ma dopo aver parlato con uno di loro ti accorgi che ognuno porta storie diverse nelle tasche e, se sei bravo a svuotargliele, diventi ladro del passato della gente. A pensarci bene, essere ladro di passati è deplorevole! Lei si accorse che stavo pensando alle differenze tra i corpi e mi fece l'occhiolino. Quel gesto poteva significare che era d'accordo con me, oppure che mi compativa. La differenza che intercorre tra questi due stati è molto sottile. Passò una mano sulla tasca del grembiule, che era proprio sul ventre, mi diede l'impressione di accarezzare l'idea di avere un figlio, invece stava soltanto accarezzando il mio regalo. Non le dissi che ero stato io a mettere insieme quelle pagine; erano sette fogli pieni di indirizzi e dati di contatto degli alberghi di Palermo-Soho. Mi aveva raccontato che stava per rimanere senza soldi. I suoi due lavori le bastavano a stento, venti pesos l'ora non servivano a diventare ricchi, erano più utili per diventare poveri. E per una che, oltre al francese, parlava anche inglese e spagnolo, e con un sorriso che riscaldava un locale meglio dei termosifoni, mi ero detto, era meglio cercare un posto fisso alla reception di un hotel. Sapevo che per tirare giù una lista dettagliata occorreva pazienza e un certo amore per le liste, e sapevo anche che con due lavori non le rimaneva tanto tempo libero. Alla fine non seppi spiegarmi perché lo feci; era la stessa storia della carezza! A lei, comunque, erano piaciute entrambe le cose.

Le scale ripide del Caffè di calle Thames erano di legno; anche quelle della pensione lo erano, scricchiolavano quando ci camminavi e ti facevano avvertire la precarietà dell'antichità, qualcosa che esiste e che potrebbe sparire da un momento all'altro, come la bellezza o la felicità. In quella pensione tutto era vecchio e odorava di detersivi scadenti, il cui profumo è sempre inversamente proporzionale al prezzo. A me, mentre alzavo gli occhi e spiavo sotto i suoi pantaloncini, vennero in mente i colombi che camminano su una tettoia trasparente e fanno con le unghie lo stesso rumore di una grossa grandine, e quando tu guardi su, invece dell'acqua, vedi quelle zampette che fanno tic tic tic. Ecco, mentre lei saliva su per le scale, io pensai ai colombi e alla grandine sui tetti.

Bisogna parlare di un altro incontro per

capire fino in fondo questa storia del tango, vale a dire, il mio incontro con un ragazzo del quale non ricordo il nome, e che risultò essere suo marito; più precisamente, il suo ex marito; ancora più precisamente, secondo quanto mi disse lei, l'ex, e secondo quanto mi disse lui, il marito. A occhio e croce, mi sembrava una situazione complicata, ma, detto da uno che stava ancora cercando di capire il significato di tre parole della moglie, suonava divertente.

Quando arrivai a Buenos Aires, questo ex o attuale marito mi accolse e mi mostrò la vecchia casa coloniale, quindi, lui fu il primo che incontrai. Era un ragazzetto magro, con la voce simpatica dei sudamericani, quella parlata particolare che sembra sempre la cattiva imitazione di una salsa lagnosa di innamorati che parlano di cuori infranti e vite sospese; le canzoni in quel paese erano tutte uguali, lamenti di animali feriti che parlavano la stessa lingua. Lo definirò ex marito e dirò di lui in realtà molto poco, quanto basta per facilitare la comprensione di questa storia; era magrolino, quindi, e mi guardò con l'invidia tipica degli uomini piccoli quando mi disse: mia moglie è francese, è di Parigi. Mi fa piacere per tua moglie. E la tua?, mi chiese poi. Mi trovavo davanti a un'altra domanda che non capivo. Perché ci aveva tenuto a chiarirmi le origini parigine di sua moglie e poi mi aveva chiesto quelle della mia? Inoltre, c'era qualcosa che non avrei capito neanche se fossi stato davanti a un televisore e lui fosse stato in un film: lei non era di Parigi, mi aveva detto di essere nata e cresciuta a Lyon. Che succedeva in Argentina? Un uomo non sapeva neanche di dove fosse sua moglie? Era una canzone mal riuscita? Una frase d'amore che terminava con un punto interrogativo e dava all'ultima strofa il fascino dell'ignoto e la sicurezza di una punteggiatura precisa e senza equivoci; una domanda era una domanda, non ci si poteva sbagliare. Se lei era sua moglie e era di Parigi, voleva dire che era sua moglie e che era di Parigi. Perché avrebbe dovuto raccontare la verità a me e una bugia a lui! Così, dopo aver chiarito quanto gli premeva, il ragazzo mi lasciò lì seduto e corse giù dimostrandomi che, a essere leggeri, si scendevano più facilmente le scale. Lo guardai sui gradini vecchi e cigolanti con l'invidia tipica degli uomini grossi.

Quando lasciai il Caffè di calle Thames, e mi guardai un po' intorno alla ricerca di qualche bambino a cui regalare le penne che mi rimanevano nella tasca, mi accorsi che non avevo avuto il coraggio di chiedere a lei quale fosse la versione giusta; era una questione di curiosità, non c'entrava nulla il mio lavoro, né quello strano calore che si sente alla bocca dello stomaco e che nessuno sa definire in maniera precisa. In una di quelle odiose canzoni d'amore lo avrebbero definito almeno con due o tre parole o con qualche rima. I cantanti latini non conoscevano definizioni semplici, oh, mi amor, no puedo vivir sin ti, o qualcosa del genere. Stavo divagando; la verità era che mi stavo comportando da perfetto codardo! Camminai fino alle nove lungo i viali alberati di Soho, mi accorgevo che, di bambini, da quando questa storia del tango era iniziata, non se ne vedevano affatto. Un vecchio affacciato sulla mia testa fece uno starnuto talmente forte che mi sembrò di rimanere sotto una valanga di macerie che cadevano dal tetto; a Buenos Aires i vecchi e i tetti avevano in comune gli anni di resistenza sotto le intemperie, come i campi aperti di San Luis o la griglia arrugginita della terrazza. Il mondo delle penne e delle cartolerie era molto più semplice e non si rischiava di confondere un uomo con un tetto né Parigi con Lyon, né tantomeno un marito con un ex marito. Camminavo e schivavo starnuti e mattoni, dunque, mentre prendevo una decisione, finalmente, da quando ero partito e avevo parlato con mia moglie di qualcosa che non capivo ancora fino in fondo, sarebbe stata la prima! Riflettendo le strade si fanno più corte. Arrivai in plaza Serrano, i locali stavano aprendo, erano ancora semi vuoti, anche io ero semi vuoto ma non si vedeva perché dall'esterno la gente sembra sempre diversa da quello che è. Funziona come per i palazzi, non si sa quello che c'è dentro finché non entri; qualche volta blocchi di cemento orribili nascondono patios fioriti con le fontane, altre volte antichi edifici con facciate in stile Liberty, raffinate e colorate, sono stati restaurati e all'interno sembrano ospedali sterili con le luci bianche. Il mio collega, del quale è inutile dirvi il nome perché sarebbe l'unico che vi rivelerei e non avrebbe senso ormai, mi stava aspettando davanti al Maleva, dove una cameriera peruviana con gli occhi da indiana gli stava spiegando come arrivare alla Catedral. Ma alla Catedral, io, non ero sicuro di volerci andare. Sei in vacanza!, disse il mio collega, ormai hai dato via tutto il materiale! E in effetti lo avevo fatto, mi rimanevano soltanto quelle quattro penne nella tasca della giacca. Inoltre, il lavoro di rappresentante era solo una copertura, nessuno sapeva in realtà che stavo dubitando se ritornare o meno in Francia da mia moglie.

Nel bar della peruviana bevemmo due birre da un litro, che messe insieme diventarono due litri, e due liquori estratti da qualche tubero. Due, vale a dire, due ciascuno. Sulla terrazza del locale accanto, tutti ridevano perché facevano Stand Up, improvvisazioni umoristiche di chiunque avesse bevuto più liquori estratti da tuberi. Non mi andava di trasformarmi in un pagliaccio, mi bastava essere stato preso per il culo da un ragazzino magro e da sua moglie o dalla sua ex moglie. Raccontai al mio collega quello che era successo e lui rise di me, era naturale. Cosa mi aspettavo che facesse! L'idea di aspettare e di non andarle dietro come un cagnolino o un fidanzato a San Valentino, era stata una buona idea perché riguardo a quella il mio collega di Cordoba non ebbe nulla da ridire!

Le penne che mi erano rimaste erano quattro modelli diversi. Una era stilografica, la proponevo ai professori, quelli all'antica, aveva le decorazioni in oro e un doppio serbatoio. Poi ne avevo una al gel da ventotto pesos, durava pochi giorni ma non lo dicevo a quelli che la compravano, lo avevo detto soltanto alla ditta, questa penna non vale nulla, avevo detto al capo, dobbiamo inserirne un'altra nel catalogo, non la vendere allora, mi avevano risposto, ci costa di più ristampare il catalogo! Avevo anche un modello a scatto, quello piaceva alle ragazze perché erano più nervose quando scrivevano anche se, a giudicare da quello che scrivevano, a me sembravano narratrici serene e piene di grazia. La maniera di usare le mie penne pertanto non aveva nulla a che vedere con il risultato finale. Avevo avuto clienti donne che con le mie penne avevano scritto interi romanzi, altre che le usavano per lavori più seri, e ci fu una signora che ne comprò dieci perché aveva dieci relazioni extraconiugali con dieci professori della scuola di suo figlio e, a ognuno di loro, regalava la stessa cosa. La trovavo un'ottima tecnica per non confondersi, come quella più nota di usare lo stesso nomignolo per tutti. Questo, al figlio, non lo raccontai. E, infine, avevo portato con me la migliore penna mai messa in commercio da quando ero in quel campo. Non posso dirvi il nome perché non mi va di fare la pubblicità a una ditta che non mi pagò neanche il viaggio di ritorno in Europa; ma sappiate che, se un giorno vi dovesse capitare tra le dita, ripenserete a questa storia del tango e capirete che si tratta di quella della quale vi ho parlato; il ricordo scivolerà sulla carta assieme all'inchiostro blu, senza alcuno sforzo e in maniera precisa e corposa allo stesso tempo.

La Catedral era all'angolo tra Sarmiento e Medrano, era un posto pieno di gente folle, che si comportava da adolescente, e, per questo, piuttosto che delle cartolerie e dei bambini, ho deciso di parlarvi di loro; sebbene un inevitabile confronto tra il mondo dei bambini e quello degli adolescenti mi avesse spinto a tenermi in disparte per un po', in un angolo, a pensare all'enorme differenza che corre tra le due epoche della nostra vita. Gli adolescenti sono persone orribili, pensano soltanto al sesso e alle feste, oppure, se proprio vogliono spremersi le meningi, al sesso durante una festa. I bambini, invece, sono persone serie, consapevoli della loro condizione, sanno persino giocare col fatto stesso di essere bambini. Nel mio angolo, sotto una leggera luce rossa che veniva da un punto imprecisato del soffitto altissimo, speravo con tutte le mie forze di non diventare mai adolescente e di rimanere sempre bambino. L'età adulta, infine, secondo un venditore di penne e accessori per cartoleria, era un'invenzione in cui si poteva anche non credere.

Il pavimento di legno luccicava sotto i tacchi delle ragazze, le quali facevano più rumore del solito quando ballavano il tango, perché il tango, si sa, non si poteva accompagnare con nessun'altra attività, era infinito nella sua circolarità, un esercizio perfetto di stile e di amore per la raffinatezza dei movimenti. Gli uomini cercavano di dimostrare la loro virilità decidendo la direzione del ballo, ma, proprio come succedeva nei letti che li aspettavano, colui che dirigeva con il corpo in realtà era diretto dalla mente. L'ambiente era così grande da perdere l'orientamento quando si chiudevano gli occhi per seguire il ritmo della musica, se giravi un paio di volte su te stesso non trovavi più l'uscita. Forse era per questo che fino alle cinque del mattino la Catedral era piena di gente, oppure perché quel maledetto tango era realmente coinvolgente. Avrei voluto che lei mi insegnasse tutto quello che le avevano spiegato in quella prima lezione; il mondo è pieno di corsi incominciati e lasciati a metà, o dopo un paio di lezioni, oppure, come era successo a lei, dopo la prima. Anche io, che ero un semplice venditore di penne, avevo dovuto seguire dei corsi per fare quel mestiere; erano stati corsi terribili, in cui non si poteva ridere, lunghe ore trascorse in silenzio mentre venivano esposti tutti i modelli che noialtri, giovani e volenterosi appena assunti, avremmo portato addosso per il resto della nostra vita. Da quel giorno il mio destino e quello di questi oggetti si sono scambiati l'identità, come succede quando in una coppia si confonde quello che riguarda una persona con quello che riguarda l'altra. Le mie penne e io stavamo diventando una coppia.

Non sei mai stato qui!, chiese il mio collega che vendeva enciclopedie. Ogni volta che mi chiedeva qualcosa sembrava che mi desse degli ordini. Forse era a causa della sua specializzazione, mi sembra che ne avesse più di una, era stato anche segretario del segretario del presidente. Prima di conoscere lui, io non sapevo neanche che un segretario avesse bisogno di un segretario. Per il prodotto di cui si occupava lui, comunque, non lo invidiavo affatto; io, le mie penne, le portavo sempre in tasca e potevo mostrarle a chiunque in qualunque momento. Lui, al contrario, era costretto a parlare con un potenziale cliente e poi chiedergli di aspettare mentre tornava in macchina a prendere l'enorme contenitore di pelle rossa in cui custodiva - neanche fosse una fisarmonica firmata da Astor Piazzolla - la sua pesante e ingombrante enciclopedia. Eravamo due rappresentanti per cartolerie seduti in un angolo del locale più caratteristico in cui avessi messo piede; il mio collega fumava un sigaro che non avevo visto entrare con noi e leggeva le etichette delle bottiglie di vino che, di volta in volta, un cameriere con la passione per i clienti gli mostrava. Secco o fruttato?, di quale annata?, e di quale azienda? Ogni volta che parlava con il cameriere, questo non capiva le sue battute e lo guardava interdetto, gli succedeva la stessa cosa che succedeva a me, ma al mio collega non importava, lui continuò a ridere da solo alle sue battute senza chiedersi perché nessuno le capisse.

Lei era l'unica cameriera straniera, si vedeva subito che le altre erano di Buenos Aires perché chi non ha mai lasciato la sua città ostenta una sicurezza fittizia che in realtà nasconde molteplici vuoti da colmare nei momenti di solitudine che presto o tardi arriveranno, per fortuna. Lei invece si muoveva con tutti i dubbi che la rendevano fragile nella moltitudine di donne rumorose di quella città. Ce ne sono cinque milioni, di donne, disse il mio collega. E, se lo diceva lui che vendeva enciclopedie, mi dissi, voleva dire che era vero. Ma se erano cinque milioni, allora perché io stavo guardando una che mi aveva raccontato di essere divorziata e forse mi aveva raccontato una balla? Non mi importava delle balle perché lavorando con i bambini ci ero abituato, sebbene quelle di un bambino fossero un po' diverse, meno balle di quelle degli adulti. La guardai per un po' mentre mi sorrideva proprio come aveva fatto nel Caffè di calle Thames. Era una che sorrideva nei locali, di cameriere sorridenti come lei ce n'erano a milioni, anche più di cinque, ma in questa storia del tango io vi sto parlando di lei e non degli altri cinque milioni; è così che funzionano certe cose, si decide di sorridere a una persona e si continua a farlo senza chiedersi se su cinque milioni di possibilità lei sia stata la scelta giusta. Da giovane ero poco incline alle scelte giuste, mi veniva sempre voglia di prendere nota con la prima penna che trovavo. Vendere penne è un'attività per smemorati che si ricordano di tutto tranne di quello di cui hanno bisogno. Le luci rosse del locale evidenziavano lo sguardo gonfio delle miopi; era vero che quegli occhiali accentuavano gli occhi azzurri che c'erano dietro, ma era altrettanto vero che tutte le donne miopi incontrate prima di allora avevano qualcosa in comune. E quella sua maniera di guardarmi senza le lenti era tenera; assomigliava a una bambina di Lyon che comprava sempre le mie penne in cartoleria e mi guardava così, mi chiedeva di non ridere di lei soltanto perché portava gli occhiali. Quello che un giorno si sarebbe trasformato in un mezzo per valorizzare la femminilità di cui sto cercando di parlare da un'ora, per una bambina era motivo di scherno, barriera tra lei e il mondo, un fastidio, infine, di cui avrebbe fatto a meno. L'imbarazzo di una bambina miope adesso si nascondeva agli occhi dei clienti meno svegli. Il suo corpo era duro. Quando lo avevo toccato - per salutarci le avevo accarezzato la schiena - mi era sembrato di toccare una torta al cioccolato appena uscita dal forno; le torte sono così provocanti che invece di mangiarle ti viene voglia di farci l'amore! E quel suo profumo di tartufo... Lo sentivo anche mentre lo immaginavo.

Ritornando a noi, ricordo che i rumori delle scarpe su quel vecchio parquet mi incominciarono a infastidire. Ogni colpo mi entrava dentro. Il mio collega di Cordoba doveva avere senz'altro una spiegazione scientifica, ma non gliela chiesi.

Suonavano strumenti da collezione, oggetti che in Europa nessuno possedeva, eccetto pochi fortunati che li avevano ereditati da antichi nonni emigranti, e che laggiù si trovavano dappertutto. Guardavo le fisarmoniche che facevano lo stesso ballo dei corpi rioplatensi, potevi stringere entrambi e aspettare che la musica ti entrasse dentro o che ti parlasse in altre lingue che non avresti mai capito prima. Bevemmo Sangre de Toro. Il mio collega risultò odioso, finsi di non conoscerlo e di essermi seduto al suo tavolo perché non ce n'erano altri liberi; le penne mi sbattevano sul cuore ogni volta che le chitarre scendevano di tono. Non ricordo se avevo mangiato; il bruciore al petto era simile a quello avvertito sulla terrazza della pensione ma di minore intensità. Io odiavo la gente che conosceva i vini e ostentava quella scienza ogni volta che poteva. Se io avessi conosciuto la differenza tra un Sangre de Toro vecchio e uno giovane, me lo sarei tenuto per me, avrei lasciato scegliere agli altri. La mia amica della lavanderia cinese, per esempio, era capace di lavare, stirare e impacchettare tutti i miei vestiti in neanche mezza giornata - quella sì che era una scienza! - e nella sua gabbietta c'erano decine e decine di pacchetti come il mio. Ogni volta che ci andavo, non credevo ai miei occhi. Come faceva una persona così piccola a trovare la forza di sorridermi nonostante il vapore e le montagne di panni sporchi! Era così sola, sempre sommersa dalle lenzuola enormi degli alberghi, con una pompa riempiva le grosse lavatrici industriali. E mi porgeva umilmente quel sacchetto perfetto, con i miei vestiti piegati e ancora caldi, per la misera somma di ventotto pesos. Toccare il mio sacchetto così morbido mi soddisfaceva quasi come se stessi toccando mia moglie, in Francia.

Adesso che ci penso, nella lavanderia c'era qualcuno che aiutava la mia amica; forse era suo marito, era sempre a torso nudo, aveva un grosso tatuaggio sulla schiena, un'aquila orrenda, eppure era cinese e laggiù, che io sappia, i tatuaggi sono pieni di colori! Ma forse se l'era fatto a Buenos Aires; non ci fu occasione di chiederglielo perché non parlava mai con i clienti. Quando qualcuno entrava e lui, per caso, si trovava nella parte anteriore della piccola sala, si voltava verso il fondo e la mia amica appariva dal vapore con il suo sorriso talmente grande da dare l'impressione di essere l'unica che sapesse ridere in tutto il quartiere. Tuttavia, mi sono sempre chiesto se ridesse perché era felice o perché era triste. Una sola volta la sentii dire qualcosa all'uomo che doveva essere suo marito, mentre lui usciva per una commissione; parlavano in cinese, non si capiva niente, ma poi riflettendoci bene arrivai alla conclusione che doveva significare più o meno: se torni, non ci lasciamo più.

Nella Catedral avevano appena concluso una lezione di milonga; già si notava chi si era innamorato di chi. La milonga è un tango unificatore. Le ragazze vestivano come ballerine, le gambe scoperte e le scollature delle donne generose, cui gli uomini di buona fede dedicano le proprie preghiere ogni sera prima di andare a letto. Il mio collega e io seguimmo la musica e provammo a ballare con due ragazze americane, erano pazze, dopo averci spremuto salirono su un palco improvvisato e dimostrarono doti da cubista, si muovevano in maniera talmente naturale che sospettammo di aver rimorchiato le ballerine del locale, invece tutte le clienti, a osservarle bene, sapevano muovere il corpo come se fosse una penna che scorreva sul parquet. Quelle ragazze scrivevano la loro felicità sul pavimento.

Quando parlai finalmente con lei, non mi accorsi che erano già le due passate e che il suo turno era finito. Mi prese per mano e mi portò al centro della sala, enorme adesso, e piena di occhi che prima non c'erano. Allora, ti sei divertito con loro? Loro - risposi - sembrano divertirsi abbastanza anche da sole. E allora perché ci hai ballato per tutto questo tempo?, non avevi detto che il tango era pericoloso? Mentre me lo chiedeva si lasciava portare da un lato all'altro della pista. Avevo imparato molto di più in quella sera che in dieci lezioni a pagamento. Quando le tenevo la schiena e lei si lasciava andare, la sentivo completamente abbandonata nelle mie mani. E quando mi accarezzava con la parte scoperta delle cosce, ero io a essere nelle sue.

Il mio collega sparì tra le turiste alla ricerca di avventure facili; quel posto mi sembrava un macello in cui chiunque potesse tagliarsi il pezzo di carne che preferiva e portarselo a casa per cucinarlo e mangiarlo. Quello che stava succedendo a noi era diverso? Gli altri pensavano di noi ciò che io pensavo di loro? A tratti lei chiudeva gli occhi e ascoltava la musica, avevo voglia di baciarla ma non mi azzardai perché prima dovevo chiarire un po' di cose... Allora, perché non mi hai detto di essere sposata? Che cosa?! La musica si fermò proprio mentre glielo chiedevo; ebbi l'impressione che il deejay si fosse accorto di come la stavo guardando, ero un vampiro che fissava un collo bianco e vergine, volevo morderlo, ma con tutta quella luce e quel rumore non riuscivo a concentrarmi. Nel silenzio generale e il defluire dei ballerini verso le loro notti appena iniziate, dunque, lei mi guardò bene per capire se dicessi sul serio; aveva labbra gonfie e carnose, che di notte sembravano più gonfie e più carnose. Chi te lo ha detto?, mi chiese. Il diretto interessato!, risposi, ci ha tenuto a mettere le cose in chiaro prima che mi facessi venire strane idee; ma io non avevo nessuna strana idea, ho soltanto bevuto un caffè nel tuo bar. Lei mi si avvicinò di più, giusto per accorgersi che di idee strane ne avevo eccome, e mi disse: ti ha detto lui che siamo ancora sposati?, lo hai incontrato nella pensione?, o sei stato tu a chiederglielo? Io?!, non crederai che vada in giro a far divorziare la gente!, la tua dolce metà ha fatto tutto da solo. Smettila di chiamarlo così!, non è più mio marito, non capisco perché ti abbia detto il contrario. Me lo chiedevo anche io; uno dei due era un bugiardo. E cos'altro ti ha raccontato? La guardai bene, adesso che le luci stavano ritrovando il loro equilibrio, e le raccontai anche la storia delle città: lui dice che sua moglie è parigina, e tu mi hai detto che vieni da Lyon. A quel punto sorrise, non era più tesa, come se quello che temeva che io sapessi non avesse a che fare con le città. La sua attuale compagna è di Parigi, mi disse, quindi non stava parlando di me!

Adesso mi era tutto chiaro... La strinsi più forte e uscimmo dal locale. Era buio, la strada era piena di taxi e carretti che vendevano panchos e caramelle. Palermo era il quartiere dei locali notturni, alle due di notte c'era più gente che di giorno. Il mio collega si era trattenuto all'interno per spiegare il funzionamento della prostata a due ragazzini ansiosi di conoscere i segreti di una vita felice; era stato inutile cercare di persuadere lui e i suoi adepti del fatto che la prostata non c'entrasse nulla con la felicità. Li guardai da lontano mentre lei mi tirava verso la strada e decideva cosa fare di me. Mi guardava con quegli occhi azzurri e stupiti - non troverei migliore definizione - mentre mi portava e si faceva portare; la strada buia stava diventando una pista. Stavamo continuando a ballare il tango? Dagli angoli che svoltavamo senza rallentare, come se entrambi conoscessimo quel posto come le nostre tasche, arrivavano gli odori della notte porteña; panchos e palo di San Antonio che qualcuno stava facendo bruciare senza alcuna voglia di tenere per sé il prodotto di quella piccola combustione. Ogni volta che sentivi quell'odore, capivi che, come il fumo di San Antonio, la gente laggiù non era capace di trattenere alcun segreto; i segreti di Buenos Aires appartenevano a Buenos Aires. Noi eravamo soltanto gente che dava fuoco a un pezzo di legno cosparso di resina. Lei mi guardava, allora, e spalancava gli occhi. Di cosa si stava stupendo? Perché non avevo avuto il dono di capire una donna come capivo una penna?! Con il mio mestiere era facile; un tratto è fino o grosso, una tinta è blu o nera o rossa. Con le donne non funziona così. Non potevo decidere il loro colore! E, nel frattempo, lei continuava a stupirsi. Ma di cosa? Che cosa avevo, io, di tanto speciale da far sbalordire un essere così precario, una foglia che non sapevo da dove cadesse né dove andasse a finire, adesso, insieme a me, alla fine di quel ballo in strada?

Era la legge del tango e della città, che si potevano ballare o guardare. Potevo restarmene seduto per tutta la notte in quell'angolino a osservare gli altri ballare, oppure fare ciò che stavo facendo, fuori dal locale, dove ogni cosa assumeva un significato, e trovare un senso nel vendere le penne ai bambini. Era forse ciò di cui avevo bisogno?! Lei mi osservò ancora per un po', poi disse: avevi ragione! Su cosa?, le chiesi. Su quello che dicevi riguardo agli occhi della gente, che qui sono pieni di vite antiche. Dicevo così?, chiesi ancora. La verità era che, a quell'ora e con tutto quello che il collega mi aveva fatto bere, non ricordavo molto bene le mie teorie sugli occhi e sulla gente. Ma era vero, a Buenos Aires potevi guardare le persone meglio che altrove e ritrovare nel loro sguardo tante vite differenti, piene di imprevisti. Non puoi mai prevedere con precisione il momento in cui la penna smette di funzionare; è lei a deciderlo. Con la gente di quella città mi sembrava che succedesse lo stesso. In quell'epoca imparai anche a guardare le persone più in là dei loro occhi; mi sembrava che, dopo un po' di anni trascorsi a rappresentare i prodotti degli altri, riuscissi a capire meglio ciò che piaceva a me!

Le ragazze camminavano sulle punte, i loro corpi non potevano essere reali, erano alte, esili, portavano i capelli raccolti come le hostess di un volo che stava per partire, i fianchi larghi, promesse di fertilità, di anni felici tra i bambini. In quel paese, pertanto, mi sarei sentito come nelle cartolerie, sempre circondato dai bimbi e allora, ecco, avrei certamente dato un significato al mio lavoro! Le guardai i fianchi mentre li muoveva un po' ostentatamente - in quel caso, lo ammetto, ostentare era bello, non aveva nulla a che vedere con le marche dei vini - e se ne accorse, si accorgeva di tutto, credo che fosse la sua dote più grande, le bastava spiarmi con la coda degli occhi mentre pensavo a tutto ciò e con un cenno del naso pizzicato dal pepe che cadeva da un punto imprecisato sopra di noi, mi faceva capire che aveva capito.

Era stata una giornata dura perché avevo dovuto cambiare opinione più volte e, secondo la mia maniera di vivere e per via del lavoro che facevo, cambiare idea era una cosa che detestavo. Per vendere un prodotto, la prima regola è essere sicuri delle proprie idee. Ma se l'attuale compagna di quel ragazzino magro era la parigina della quale parlava, effettivamente, lui era il suo ex, e allora avevo dovuto per forza ricredermi e seguirla. Ma dove mi stava portando? La pensione era nella direzione opposta, e ne ero certo perché il bello di viaggiare in metropolitana è proprio che le due estremità di una linea sono inequivocabilmente due direzioni opposte, non ci si può sbagliare come quando si gira in macchina o si cammina senza guardare i cartelli per strada. La pensione era alle spalle di plaza Italia, direzione Congreso de Tucumán, e noi stavamo scendendo verso 9 de Julio, dove c'erano le coincidenze per Retiro, la stazione ferroviaria. Dove andiamo?, le chiesi. Ma sapevo che a Buenos Aires non c'era bisogno di parlare, le risposte erano negli occhi della gente, contenevano storie, erano occhi pieni di strada, mucha calle, le dissi in spagnolo. Ancora una volta ebbi la sensazione che il mondo del quale pareva innamorata fosse finito nei miei occhi perché li stava fissando con quella incredulità dei bambini che non hanno idea dell'immondizia che c'è in giro.

Salimmo sul regionale diretto a Tigre, una delle zone residenziali alle porte della città; dai finestrini si vedeva la notte argentina, le villas si alternavano ai quartieri ricchi senza alcun criterio, la gente fuori da quei finestrini stava morendo di fame oppure mangiando parrilla e pastafrolas. E tutto succedeva sotto gli occhi di uno che vendeva penne a scatto e che non avrebbe mai voluto trovarsi a osservare tante contraddizioni. Anche lei guardò fuori per un po', ma da come riportò gli occhi sulle mie mani - che intanto avevano iniziato a muoversi su di lei - capii che quello spettacolo, lei lo aveva già visto. Stavamo andando a casa sua? Ma allora perché alloggiava nella pensione? Forse perché, se era vero che stava divorziando, non aveva ancora una casa sua. E dove aveva vissuto insieme al ragazzetto magro? Il suo ex era di Buenos Aires, me lo aveva detto lui quando aveva specificato che gli piacevano tanto le parigine. Forse stavo incominciando a capire dove sarebbe finita la nostra corsa; il treno fischiò e si fermò su una piattaforma illuminata, non potevamo evitare di vedere in tutti i suoi dettagli il nostro riflesso nelle porte automatiche che ci scaraventarono fuori. Era una serata tiepida di fine stagione, l'inverno sudamericano era alle porte, il calore che ci portavamo dietro dalla milonga era sufficiente a non avvertire il vento fresco che veniva verso di noi mentre imboccavamo il viale dietro alla stazione. Nella mia testa c'erano un sacco di cose, parole e domande irrisolte, questioni che avrei voluto chiarire con mia moglie, e una nebbia fitta come quella della lavanderia della mia amica cinese. Mi sembrava di essere avvolto da un vapore del quale non si poteva vedere la fonte.

A pochi metri dalla stazione, in un viale alberato, ci fermammo e mi disse: questa non è casa mia, ma di mio marito, ho ancora le chiavi. E perché vuoi fargli quello che stai per fargli? Io non sto per fare nulla!, mi disse. Ma mentre me lo diceva, le avevo già preso un braccio e la stavo trascinando dentro delicatamente, persuaso che in realtà fosse lei a trascinare me fin da quando ci eravamo incontrati sulla terrazza della pensione. In quella zona di Buenos Aires - doveva trattarsi di uno di quei quartieri residenziali sulla via per Tigre - c'erano portieri notturni che ti chiedevano il numero del tuo appartamento e ti aiutavano a aprire i cancelli. Aveva in mano tre chiavi, ma non sembrava impacciata, non lo era affatto, e non era neanche timida. Capire le donne non era mai stato il mio forte; meglio occuparsi di prodotti di cartoleria, meno sorprese e meno problemi. Che ci facevo nell'ascensore di quel residence tanto sofisticato?! Mi mancavano le scale di legno marcio della pensione! L'appartamento era nuovo di zecca, era beige e panna, sembrava una camera d'albergo quattro stelle. Alle porte erano appesi quadri dell'Italia degli Anni Quaranta, in cui la gente aveva capelli corti e scarpe pulite; il mobilio era abbinato ai colori delle pareti, persino i soprammobili scelti apposta per i loro colori, sabbia, bronzo, oro, bianco; il parquet nuovo e pulito, non cigolava neanche se ci passavi con un paio di pattini per il ghiaccio; e, infine, la vista sul fiume, che di giorno avrei riconosciuto senz'altro ma che, a quell'ora e con la nebbia che avevo in testa, mi sembrò soltanto una macchia nera tra i palazzi.

Ora è inutile che vi racconti quello che successe dopo, si sa come vanno certe cose; tutto dipende dalla vostra coscienza. Qualsiasi cosa racconti adesso su quanto accadde quella notte nel residence con tanti cancelli, sarete voi a vederci del marcio oppure no.

La mattina seguente uscii senza svegliarla, mi ero già accorto che i suoi occhi non cercavano più nulla nei miei e quando ti accorgi di questo, se te ne accorgi in tempo, è sempre meglio uscire senza svegliare nessuno. Con la mia penna preferita le scrissi qualcosa in un quaderno che teneva sul tavolo della sala; raccolsi i miei vestiti che erano rimasti uniti, come se mi fossi tolto di dosso un intero strato di pelle. Me li infilai di nuovo e scappai via. Tutto quel beige mi stava rendendo cieco. Camminai per un po' senza una meta precisa. Me la immaginavo ancora sveglia, con il suo foulard attorno al collo - aveva un collo fine e chiaro - e con una di quelle acconciature da hostess che andavano di moda a quel tempo. Profumava di creme costose; la sua pelle dura era anche una pelle onesta. Sembrava una sudamericana; le ragazze sudamericane non avevano nulla da nascondere, a loro piaceva essere desiderate, parlare con le labbra sempre umide, toccarsi i capelli lentamente e guardare sempre da qualche altra parte mentre gli occhi di qualunque uomo le spogliavano con la sete di un paese caldo e l'avidità di uno agli estremi della terra. Potevi morire congelato mentre quei corpi perfetti ti ballavano negli occhi. Avrei potuto parlare con lei di quello che era successo o non successo. Ma non c'era bisogno di dire nulla, certe cose si dicono da sole, acqua che ti esce dagli occhi e dalla pelle, non puoi trattenerla perché l'acqua, per definizione, è un liquido incontenibile. Entrando nell'appartamento all'ultimo piano di quel residence ci eravamo abbracciati, avevo visto il mio riflesso nella vasta vetrata della sala che dava sul fiume. E quando avevo riaperto la porta, si era svegliata e mi aveva chiamato. Era seria. Vai via?, mi aveva chiesto. Sì, è meglio che vada, avevo detto. Poi mi aveva fatto una domanda che mi aveva dimostrato ancora una volta la sua capacità di leggere nella testa: quando ti sarebbe piaciuto che ci conoscessimo? In un altro momento. Passato o futuro? Passato, le avevo risposto, prima che ci capitassero matrimoni sbagliati e che perdessimo il coraggio. Ma io il coraggio non l'ho mai perso!, aveva risposto. Quella risposta voleva dire, per i lettori meno perspicaci: stupido, chiama tua moglie in Francia e dille che resti a Buenos Aires, le lenzuola hanno già il tuo odore.

Preferii restare fedele, almeno alla mia idea di felicità, quella che stavo inseguendo da quando avevo iniziato quel lavoro che mi permetteva di viaggiare e di non diventare mai grande.

Il sole non era ancora alto; anche lui si comportava come gli pareva, se aveva fatto tardi la sera prima tardava a sorgere e a mettersi al suo posto di lavoro. Le piante lungo il fiume erano umide, non c'era nessuno nella stradina in cui mi ero infilato. Sul fondo s'intravedeva una tenda da campeggio e delle sedie di plastica, segni che qualcuno stesse dormendo lì, un fortunato clochard aveva la vista sul fiume senza pagare una lira, uomo libero il clochard! Se non fosse stato per il freddo e la fame, che mi facevano paura, avrei montato anche io una tenda in quell'angolo di paradiso. Che prezzo aveva il sorgere del sole ogni mattina, proprio sotto agli occhi, mentre noialtri ci contendevamo buchi nel cemento con la vista sui parcheggi?!

A qualche centinaio di metri c'era un bar che aveva una terrazza sull'acqua; la gente sedeva lì e si illudeva di avere la stessa libertà di quel mendicante del quale vidi soltanto i piedi uscire dalla tenda. Dormiva e sognava di essere in gabbia, come noi? Forse i sogni funzionano così, sogniamo sempre il contrario di quello che abbiamo. Mi sedetti per sistemare tutto quello che avevo sparso nella testa, mi sembrava di raccogliere i cocci di un vaso che mi era caduto mentre scappavo da quel residence. Pezzo per pezzo avrei ritrovato me stesso. Due tizi, che avevo già visto in treno la sera prima, si stavano spartendo la refurtiva, in altri termini, il prodotto del loro duro lavoro. Sembrava, a occhio e croce, che il lavoro gli fosse andato bene; avevano due buste da lettera piene di biglietti da cento pesos e di gioielli. Anche io ero in quel quartiere residenziale per rubare? La solitudine di quella donna? La fiducia di mia moglie, che mi aspettava per non lasciarmi mai più? O qualcosa di più importante, che avrei riconosciuto soltanto una volta rientrato in Europa? Non ero sicuro di molte cose in quei giorni; non era decisamente come vendere alle cartolerie; non c'erano conti dettagliati, né alcuna sicurezza che fossi io a tenerli. I conti, quelli veri, non sei mai tu a farli, ma sempre qualcuno che è più bravo di te e che tirerà le somme al posto tuo. Quella notte, quel qualcuno era stata lei. In Francia, mia moglie. Nel mio viaggio in Sud America, il mio capo. E io ero solo quello che vendeva le penne.

E c'è un'altra cosa che mi fece sentire soltanto una piccola ruota di un ingranaggio molto più complesso e del quale non avrei mai avuto alcun controllo; erano quelle ragazze, quelle lingue che gli brillavano in bocca, mentre ti chiamavano mi amor e ti eccitavano soltanto se parlavi con loro; ti parlavano con una passione tale da illuderti che ti stessero amando lì e subito, per strada, nella vecchia pensione, nella Catedral! Lei lo sapeva, ormai faceva parte di quel mondo, non avevo valutato neanche per un attimo l'ipotesi che volesse ritornare in Francia, e, un'altra cosa ancora, ebbi la sensazione, quella sera, prima di entrare dietro di lei, che fare l'amore sarebbe stato più bello del solito, forse perché in un paese così rischiavi di immaginare che nel tuo letto ci fossero tutte quelle di cui, a tua volta, ti eri innamorato. Eravamo tutti innamorati, infine, di qualcosa che in genere chiamiamo vita, per semplificare i discorsi, oppure in tanti altri modi. Non ho più il coraggio, le avevo detto. Ma io ne ho, mi aveva risposto lei. Credo che furono le ultime parole che quella donna mi disse prima che uscissi. E adesso l'unica cosa che posso fare è ricordarle in queste pagine.

Ricordo anche altre cose che, se fossi capace, vi descriverei adesso. Ripenso, per esempio, a quel momento in cui stai per andare a letto con qualcuno; a tutto ciò che succede prima. Come il rumore delle sue scarpe, che cadono dietro di lei, e che porta con sé tutti i tacchi sbattuti sul pavimento della Catedral. Buenos Aires era più di una città, era una Catedral, la Catedral del tango.

Mi piace sentirli cadere, quei tacchi, e poi sentirli tacere per il resto della notte; può significare che nelle tue braccia non ci sarà una sola donna, ma tante, un'intera sala che ti ha corteggiato, chiamato mi amor, e che finalmente è tua! Lei getta via le scarpe coi tacchi alti che sono serviti a provocarti e farsi inseguire per mezza città, e diventa più piccola, la vedi nella sua vera dimensione e la prendi in braccio come una bambina che esce da scuola. Ecco, tutto quello che viene dopo, senza questo momento che ho provato a descrivervi adesso, non avrebbe senso.

Ordinai un piatto di uova strapazzate per fare compagnia alla mia vita strapazzata. Nel tavolo accanto ai ladri c'erano tre vecchietti e un canarino nella sua gabbietta; il fumo dell'arrosto, panchos e asados de tira, si spargeva nei bar sul porto e la gente era più tranquilla, parlava con più calma perché non c'era il rumore del traffico che copriva le sue parole, e non era costretta a urlare per farsi capire. In riva al fiume è come essere allo sportello di una banca, in attesa di ritirare tanti soldi, chiacchierando a bassa voce con i tuoi compagni di fila. La cameriera si mise talmente vicino a me che si sentiva il rumore della saliva che defluiva nella sua gola. Anche lei aveva il corpo perfetto delle porteñas, di tutte, anche quelle imperfette, ma forse era la mia condizione di emarginato a influire nei giudizi sulle ragazze. Sentii rumore di gabbiani e colombi. Forse questa volta vinceranno i colombi, mi dissi, ma i colombi non hanno mai vinto nulla. Se nasci colombo, devi solo sperare che qualcuno ti dia il grano e che non ti taglino le zampe, o, peggio ancora, che qualche gabbiano affamato non ti spenni, piuma dopo piuma, dopo piuma, dopo piuma... La cameriera mi disse che avevo qualcosa sulla testa, era un po' di polline che si confondeva con i capelli grigi sulle tempie, mi chiamò signore, non più mi amor, e mi fece pensare che ero più vecchio di lei e che era ora di ritornare a casa, da mia moglie, per non lasciarla mai più. L'acqua del fiume era grigia; vi si rifletteva un cielo privo di emozioni, poche famiglie passeggiavano lungo la riva, qualcuno pescava e bestemmiava. Sembrava che tutti si conoscessero e che la domenica mattina si dessero appuntamento lungo il fiume. Era una bella impressione quella che davano. Se così fosse, avevo trovato l'unico posto al mondo in cui la gente non si odiava.

Di ritorno a casa, a Lyon, ritornai nel bar con le tende e le sedie blu, il nostro preferito, quello nel parco, quello in cui lei mi aveva detto: se torni, non ci lasciamo più. E la aspettai. Eravamo una coppia strana, ci prendevamo sempre in giro perché non volevamo ammettere di dipendere l'uno dall'altra. Ma eravamo sicuri di poche cose che contavano; tra queste c'era il nostro bar con le sedie blu. Ed era lì che dovevamo incontrarci al mio ritorno. Ero ritornato e la stavo aspettando, nessuno sapeva quello che avevo rischiato a Buenos Aires, quanto vicino fossi andato a quello che la gente per bene chiama peccato.

Mia moglie si presentò all'ora stabilita, il nostro appuntamento ora aveva un significato preciso: ero tornato e non ci saremmo più lasciati. Le guardai gli occhi, azzurri, sotto gli occhiali che portava di tanto in tanto, non sempre, soltanto quando voleva mettere una barriera tra lei e il mondo. Portava i capelli sciolti, mi sembrava che, da quando ero partito, non fossero cresciuti di un centimetro. Forse tutto si era fermato! Era perfetta, la sua pelle chiara mi parlava in francese e mi diceva di non partire mai più; ebbi per la prima volta in vita mia la sensazione che in quel parco, sempre pieno di gente, non ci fosse nessuno, come si legge nei romanzi d'amore, quelli di chi è capace di raccontare la vita e la morte come se non ci fossero confini tra i due mondi e soltanto nei loro libri noi riuscissimo a comprendere fino in fondo il significato di entrambe. Mia moglie piangeva, mi baciava il collo e piangeva; io non ero molto bravo a abbracciare le persone, lo facevo sempre con un certo imbarazzo, non importava se si trattasse di estranei o parenti con cui condividevo una vita intera. Era una questione di contatti, di falsi contatti nel mio circuito sbagliato. Le accarezzai a lungo i capelli e non le dissi quasi nulla, perché ogni volta che partivo per un viaggio imparavo a parlare un po' di meno. Le parole non servono a nulla, ci sono cose che si parlano da sole... Mi sembra che le dissi: ho le scarpe sporche di vomito. Non fa niente, rispose lei. E poi le dissi anche: per non sentire la tua mancanza ti ho messa in una storia. Lo sapevo, lo fai ogni volta, rispose ancora mia moglie, che sapeva sempre tutto prima che io glielo dicessi e che per questo era diventata mia moglie. Era la sua dote, leggere nella mia testa e farmi capire quando era il momento di smetterla con le storie sulla felicità perché, quella, non l'avrei trovata da nessuna parte. La mia felicità aveva il profumo prezioso del tartufo e finalmente era tra le mie braccia.

Buenos Aires, maggio 2014

L'AUTORE

Frank Iodice vive nel sud della Francia. È autore dei romanzi *Anne et Anne* (2003), *KINDO* (2011), *Acropolis* (2012), *Gli appunti necessari* (2013), *I disinnamorati* (2013), *Le api di ghiaccio* (2014), *Un perfetto idiota* (2017), *Matroneum* (2018), *La meccanica dei sentimenti* (2018), e delle raccolte di racconti *La fabbrica delle ragazze* (2006) e *La Catedral del tango* (2014). 10.000 copie del suo *Breve dialogo sulla felicità* sono state distribuite gratuitamente nelle scuole.

Il suo sito è **www.frankiodice.it**

Printed in Poland
by Amazon Fulfillment
Poland Sp. z o.o., Wrocław